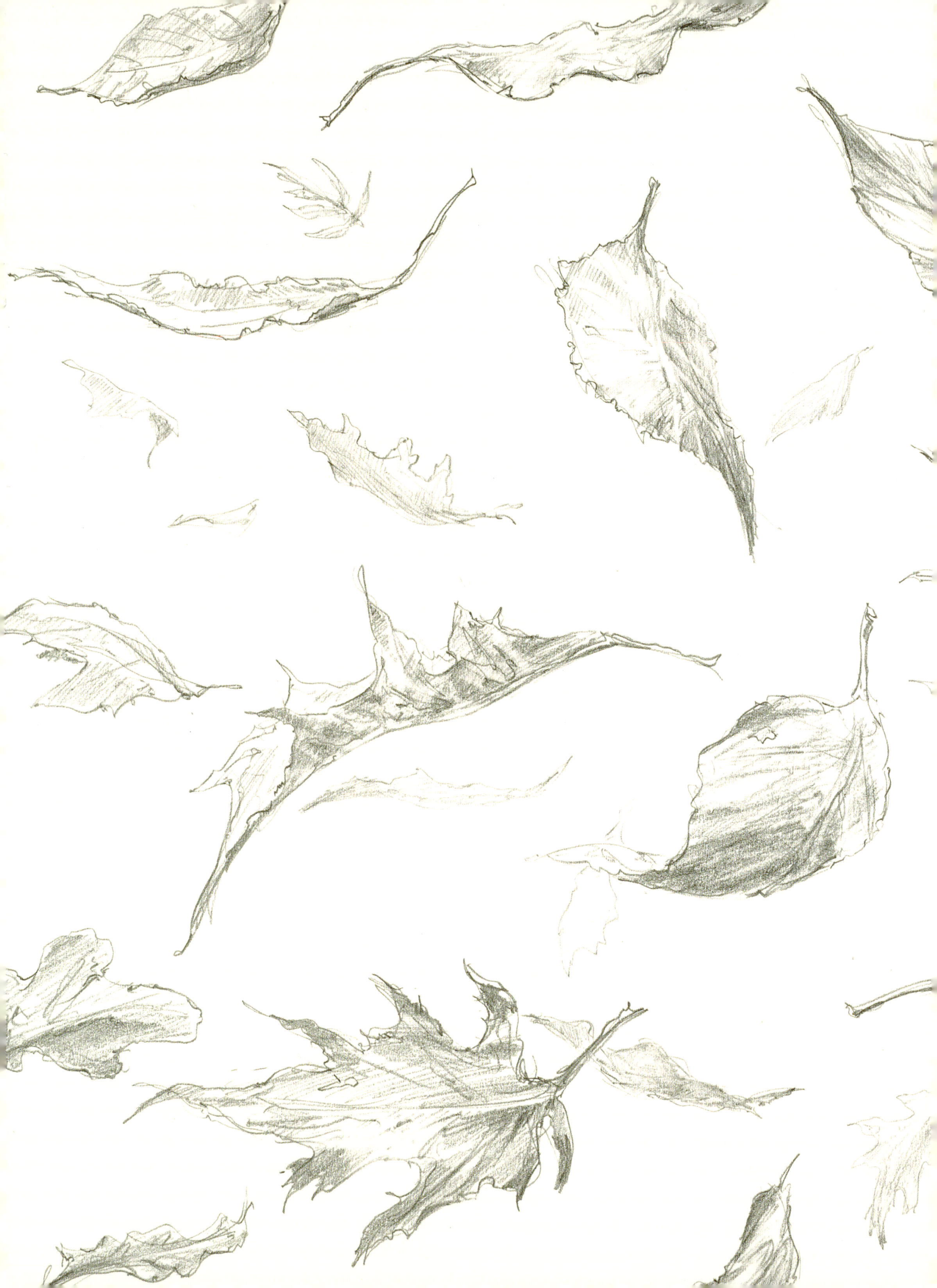

松鼠先生和神秘核桃

[德]塞巴斯蒂安·麦什莫泽 著　　刘海颖 译

乐乐趣

陕西新华出版
未来出版社
·西安·

松鼠先生已经不记得，自己坐在这里看了多久，
他甚至忘记了周围的一切。

这颗核桃怎么会在这里？

它是怎么来到这个树洞里的？

等等！松鼠先生又是怎么来到这儿的？

这颗核桃是那么完美，那么美丽，又那么巨大。

它会不会早就有主人了呢？

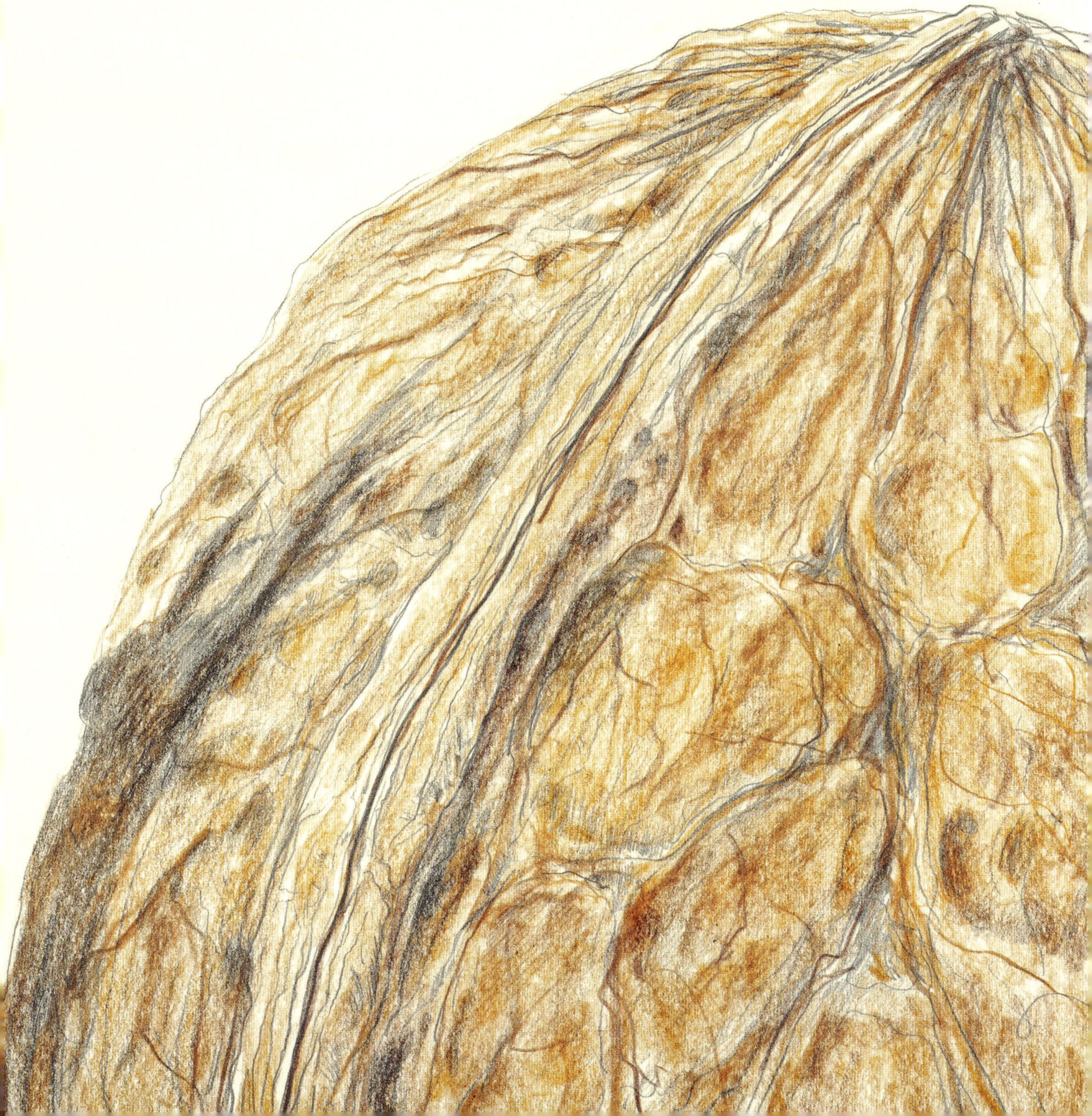

不过，这已经不重要了。

现在，这颗核桃是他的了！

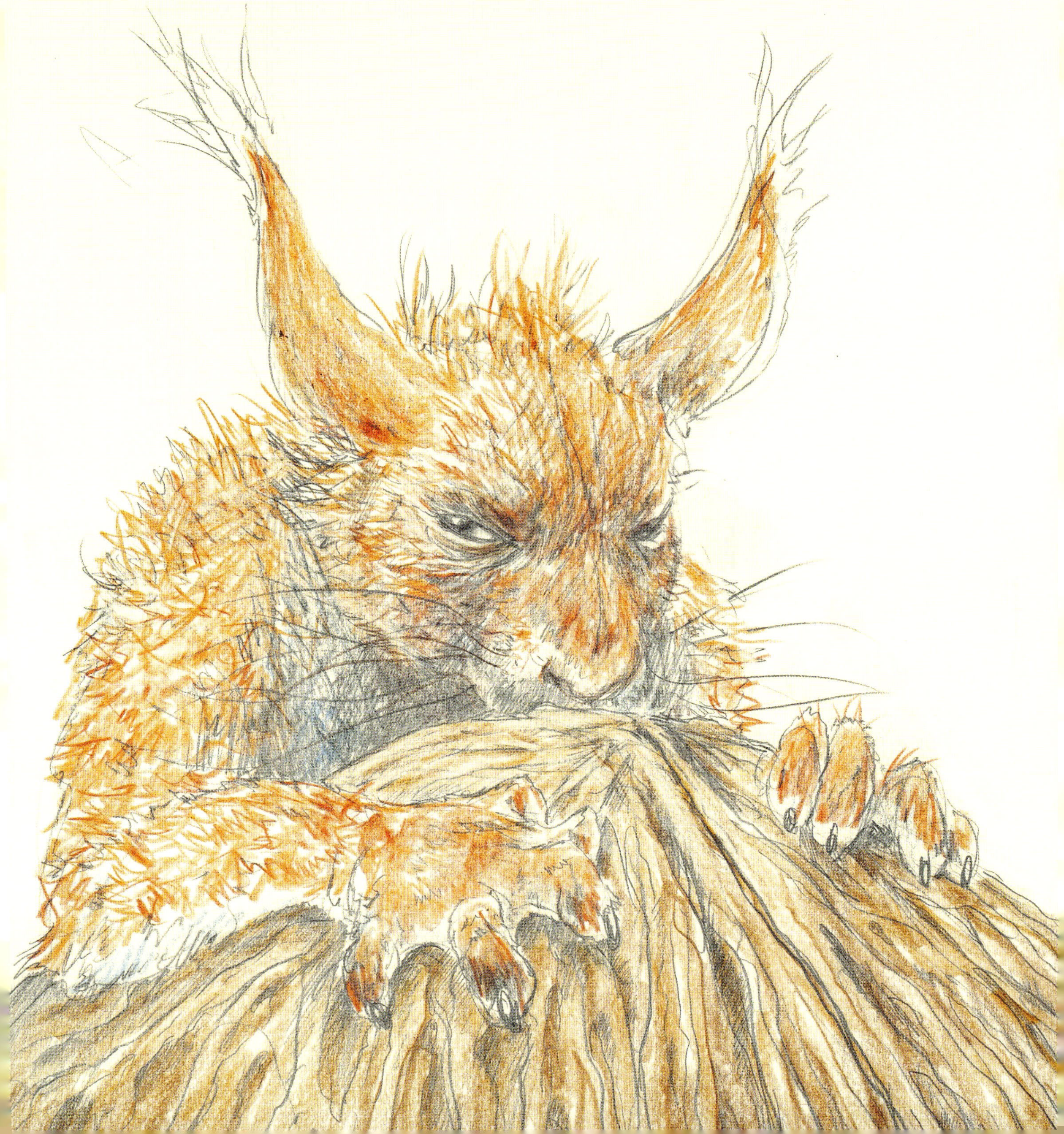

那个把如此完美的核桃丢在这儿的家伙，
根本就不知道哪里才是最好的藏宝地。
谁不知道呀，核桃最好是埋在地底下！

虽然松鼠先生和刺猬先生一样爱忘事，
但只要在显眼的地方打上一个合适的洞，
他就一定能记住。

在这棵高高的大树下面，

有一片松松软软的土地，

好像被一群撒欢儿的野猪拱过一遍。

这样一来，松鼠先生很快就能挖好一个大大的洞，

埋下那颗大大的神秘核桃了。

这个地方最合适不过了！

还是……去那边看看呢？

蘑菇丛旁边可能更容易记住吧。

不！这是一颗如此特别的核桃，
需要藏在一个最最特别的地方。

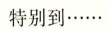

特别到……

谁都不会想到去那里找它！

这个地方真是太难找了！

它应该和这颗核桃一样

完美无缺，令人难忘。

松鼠先生必须好好想一想。

现在，没有什么可以让他分心的了。

刺猬先生遇到了一件非常奇怪的事：
他从一堆陌生的树叶中醒过来，
却丝毫不记得自己是怎么躺在这里睡大觉的。
他四处张望，想看一看自己到底在哪里。

就在这时，一坨脏兮兮的泥巴突然飞过来，
正好砸在刺猬先生的脸上！
是谁在搞这种讨人厌的恶作剧？
他只看见了一条长满红毛的尾巴。

松鼠先生心里早已有了答案：
肯定是那只狐狸干的！
一条红毛尾巴！一个恶作剧！
这就是最有力的证据。
最好也搞一个恶作剧，
给狐狸一点儿颜色瞧瞧！

松鼠先生非常清楚怎样建造一个对付狐狸的陷阱。

只需要找一棵小核桃树……

而且，一点儿也不能马虎。

幸好，刺猬先生总是随身带着很多好吃的，

它们可以当诱饵，真是太棒了！

用“弹弓”把狐狸发射出去，当然是一个好主意。

可是，如果狐狸在下落的时候受伤了，怎么办？

要不，收集一些树叶，

把它们堆起来，让狐狸“软着陆”？

不过，等收集到足够多的树叶，
让狐狸这个大家伙“软着陆”，
恐怕要等到天荒地老了吧。

也许，可以把熊先生找来，

叫他使劲儿地摇一摇大树，

这样，树叶大把大把地落下来，

地上肯定会变得软绵绵的。

可是，熊先生正在呼呼大睡，

他已经开始冬眠了！

这个时候，如果轻轻地叫醒熊先生，
说不定他会很愿意帮助松鼠和刺猬。

他们用力推，大声喊，
所有的招儿都使出来了，
可熊先生还是在呼呼大睡。

也许，蜂蜜的味道可以让熊先生从美梦中醒来？

可是，蜂蜜在一个很高很高的地方，

一大群蜜蜂正一刻不离地守护着它……

现在，最好的办法可能是寻求帮助，
问一问谁能帮他们弄来一点儿蜂蜜。

比如——山羊先生！
他可以跳起来，用尖尖的角刺穿蜂巢。
他的皮毛那么厚，就算被蜜蜂蜇一下，应该也没什么感觉。
况且，山羊先生身上有一股刺鼻的味道，
蜜蜂一定不会追他的。

树叶漫天飞舞，

山羊先生也情不自禁地跳起舞来。

春天，树木发芽，慢慢长出新的叶子，
到了秋天，这些叶子又会飞舞着飘向大地。
就这样，年复一年，四季不停地更替。
山羊先生来回跳跃，
尽情享受着五彩缤纷的美丽风景。

他们一直兴奋地转着圈，
松鼠先生已经完全不记得，
他为什么会来到这里。

山羊先生跳舞的样子实在太迷人了，
松鼠先生和刺猬先生不由得跟着他跳来跳去。

突然，松鼠先生的四周一下子变得静悄悄的。
树叶轻轻地飘向大地，一点儿声音都没有。

刺猬先生不见了。

一个圆乎乎的东西藏在不远处的树洞里。

那是刺猬先生吗？

他怎么去那儿了？

可是，松鼠先生发现，那不是刺猬先生，
而是一个让他惊讶得说不出话来的东西。
松鼠先生从来没见过这样的东西，
它是那么完美，那么美丽，又那么巨大，
以至于，松鼠先生早已忘记了周围的一切……

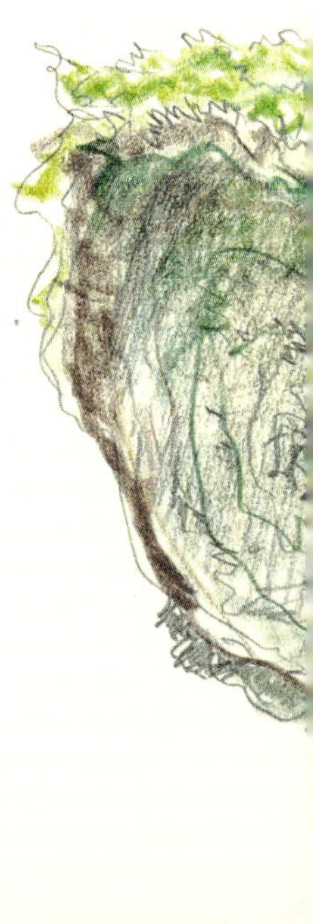

松鼠先生已经不记得，

自己坐在这里看了多久……

著作权合同登记号：陕版出图字25-2023-258

图书在版编目（CIP）数据

松鼠先生和神秘核桃 /（德）塞巴斯蒂安·麦什莫泽著；刘海颖译. — 西安：未来出版社，2023.12
（如果月亮掉下来）
ISBN 978-7-5417-7607-6

Ⅰ. ①松… Ⅱ. ①塞… ②刘… Ⅲ. ①儿童故事－图画故事－德国－现代 Ⅳ. ①I516.85

中国国家版本馆CIP数据核字(2023)第202878号

松鼠先生和神秘核桃 Songshu Xiansheng he Shenmi Hetao

[德]塞巴斯蒂安·麦什莫泽 **著**　刘海颖 **译**

图书策划 孙肇志　**责任编辑** 柏　宁
封面设计 周长姣　**特约编辑** 孙俊臣
美术编辑 杨佩佩
出版发行 未来出版社
地址 西安市雁塔区登高路1388号（邮编 710061）
开本 889 mm×1 194 mm 1/16 **印张** 26
字数 6.131千字
印刷 鹤山雅图仕印刷有限公司
版次 2023年12月第1版
印次 2023年12月第1次印刷
书号 ISBN 978-7-5417-7607-6
定价 210.00元（共7册）

出品策划 荣信教育文化产业发展股份有限公司
网址 www.lelequ.com　**电话** 400-848-8788

著作权合同登记号：陕版出图字25-2023-258

图书在版编目（CIP）数据

松鼠先生和第一场雪 /（德）塞巴斯蒂安·麦什莫泽著；刘海颖译. — 西安：未来出版社，2023.12
（如果月亮掉下来）
ISBN 978-7-5417-7607-6

Ⅰ. ①松… Ⅱ. ①塞… ②刘… Ⅲ. ①儿童故事—图画故事—德国—现代 Ⅳ. ①I516.85

中国国家版本馆CIP数据核字(2023)第202881号

松鼠先生和第一场雪 Songshu Xiansheng he Di-yi Chang Xue

[德]塞巴斯蒂安·麦什莫泽 **著**　刘海颖 **译**

图书策划 孙肇志　**责任编辑** 柏　宁
封面设计 周长姣　**特约编辑** 孙俊臣
美术编辑 杨佩佩
出版发行 未来出版社
地址 西安市雁塔区登高路1388号（邮编 710061）
开本 889 mm×1 194 mm 1/16 **印张** 26
字数 6.131千字
印刷 鹤山雅图仕印刷有限公司
版次 2023年12月第1版
印次 2023年12月第1次印刷
书号 ISBN 978-7-5417-7607-6
定价 210.00元（共7册）

出品策划 荣信教育文化产业发展股份有限公司
网址 www.lelequ.com　**电话** 400-848-8788

松鼠先生和第一场雪

[德]塞巴斯蒂安·麦什莫泽 著　刘海颖 译

乐乐趣

陕西新华出版
未来出版社
·西安·

山羊先生说冬天很美。

雪花从天空一片一片飘落下来，

整个世界都会变得一片洁白！

以前，松鼠先生一到冬天就呼呼大睡……

这一次，他想保持清醒，

一直等到冬天到来，

一直等到第一片雪花飘落！

可是，冬天却迟迟不来……

“这可不行！”松鼠先生心想。

这样下去，他又要在睡梦中错过这个冬天了。

不想打瞌睡，

就得去运动，呼吸新鲜空气！

睡觉多没意思啊！

松鼠先生一定要等到冬天的第一场雪……

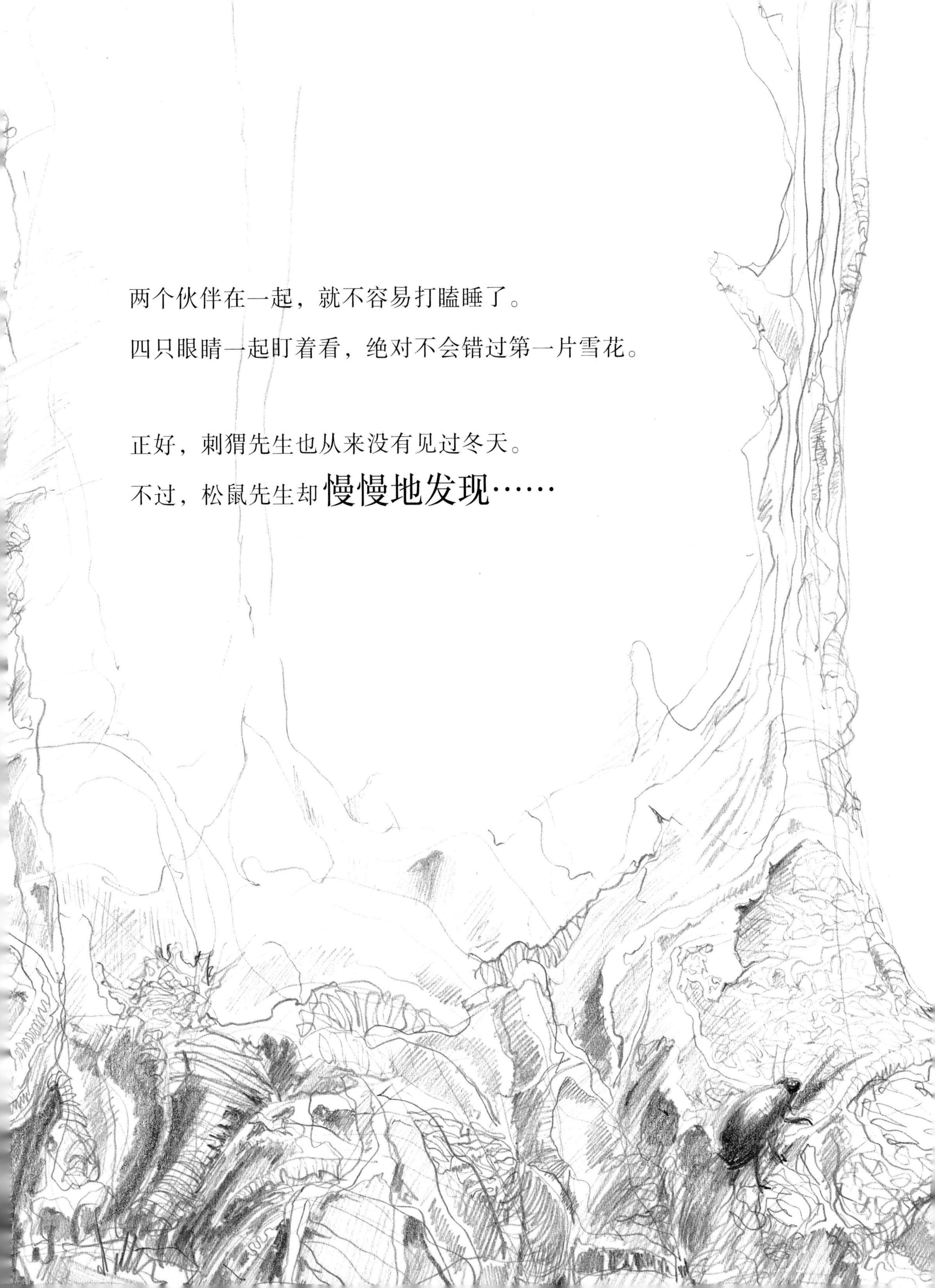

两个伙伴在一起，就不容易打瞌睡了。

四只眼睛一起盯着看，绝对不会错过第一片雪花。

正好，刺猬先生也从来没有见过冬天。

不过，松鼠先生却**慢慢地发现……**

这个办法根本行不通！

这可不行！要想看到第一片雪花，千万不能打瞌睡！

可是，刺猬先生才不想去运动呢！

那么，就大声唱歌吧！难道还有其他办法吗？

大声唱歌，一定不会打瞌睡！

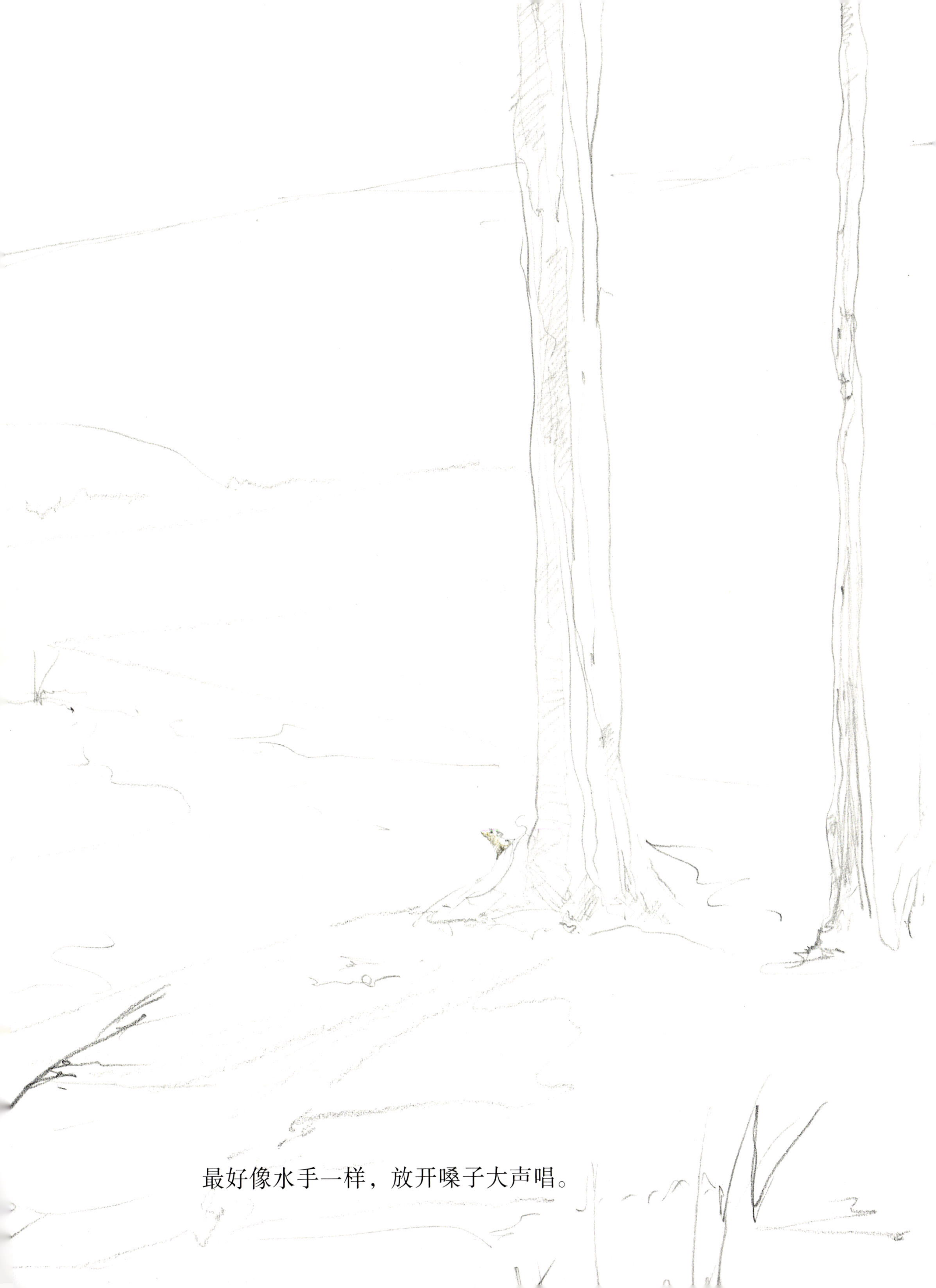

最好像水手一样，放开嗓子大声唱。

“看不到冬天，就看不到雪花，

看不到雪花，松鼠和刺猬就不会安静。”

熊先生心想。

可是，熊先生也是一到冬天就呼呼大睡，
他也从来没有见过雪花呢！

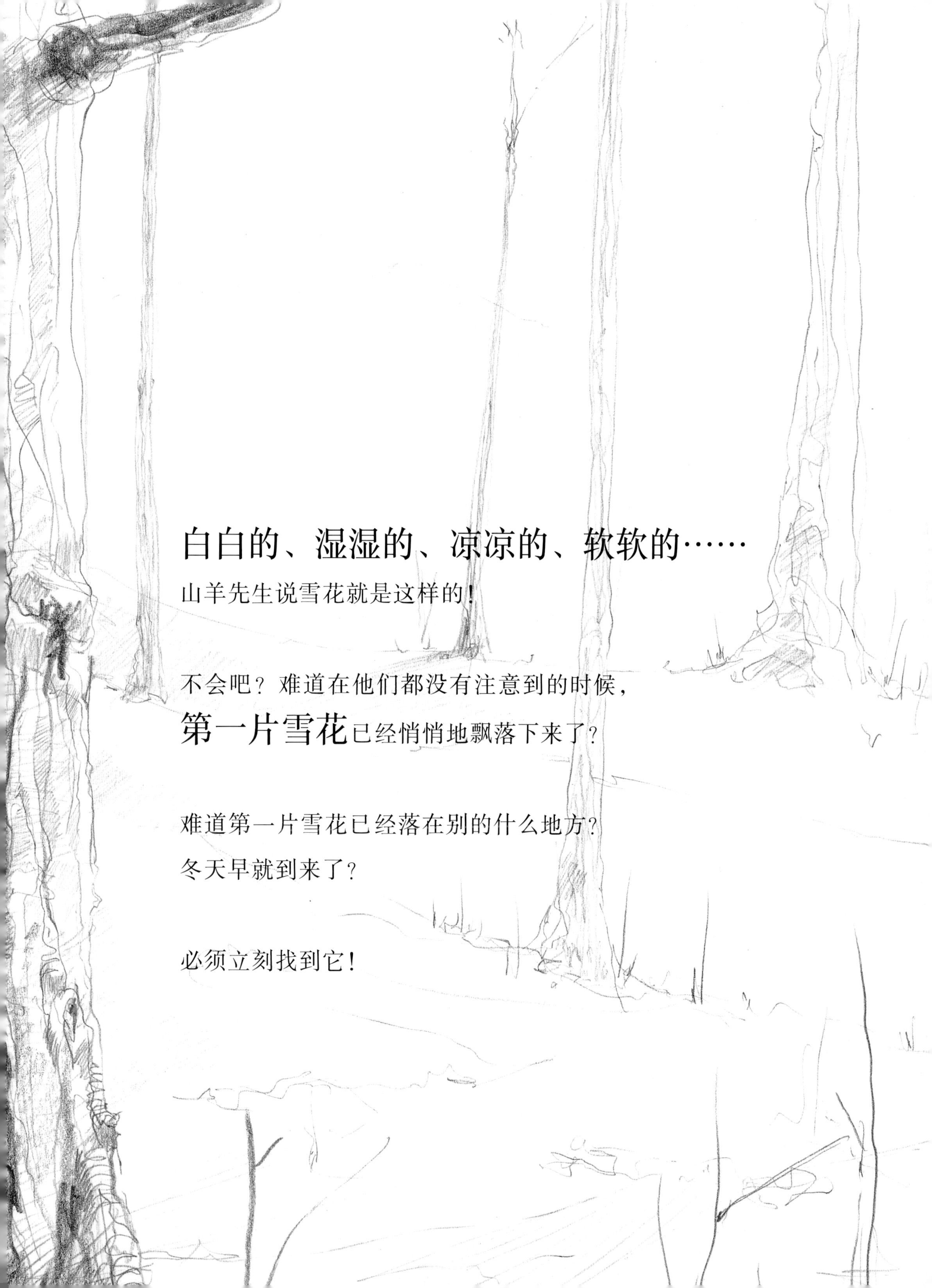

白白的、湿湿的、凉凉的、软软的……

山羊先生说雪花就是这样的！

不会吧？难道在他们都没有注意到的时候，

第一片雪花已经悄悄地飘落下来了？

难道第一片雪花已经落在别的什么地方？

冬天早就到来了？

必须立刻找到它！

白白的、湿湿的、凉凉的——

这一定是**第一片雪花**！

当它漫天飘落的时候，

冬天该有多美呀……

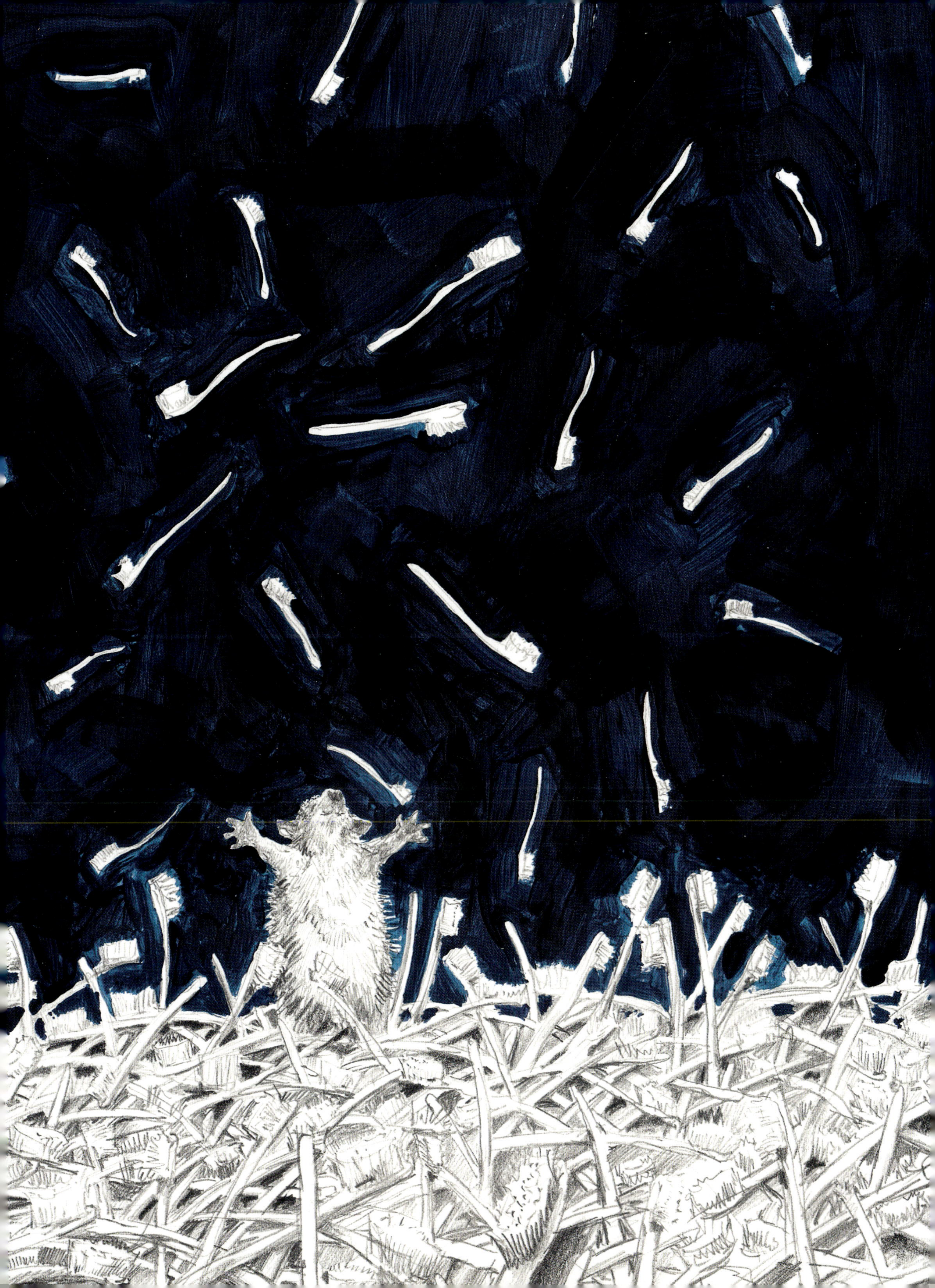

“第一片雪花！”

松鼠先生兴奋地叫起来，

“我找到它了！”

白白的、凉凉的，里面还湿湿的。

冬天该有多美呀……

熊先生觉得这两个家伙有点儿笨。

因为他们找到的“雪花”尽管都是

白白的、湿湿的、凉凉的，

但根本就不是**软软的！**

好在，熊先生自己总算找到了……

瞧，这才是第一片雪花！

冬天该有多美呀！

虽然……刺猬先生觉得，

这片雪花闻起来有点儿像月亮的味道，

可是，它毕竟是从天上落下来的呀！

著作权合同登记号：陕版出图字25-2023-258

图书在版编目（CIP）数据

松鼠先生和森林之王 / （德）塞巴斯蒂安·麦什莫泽著；刘海颖译. — 西安：未来出版社，2023.12
（如果月亮掉下来）
ISBN 978-7-5417-7607-6

Ⅰ. ①松… Ⅱ. ①塞… ②刘… Ⅲ. ①儿童故事－图画故事－德国－现代 Ⅳ. ①I516.85

中国国家版本馆CIP数据核字(2023)第202879号

松鼠先生和森林之王 Songshu Xiansheng he Senlin zhi Wang

[德]塞巴斯蒂安·麦什莫泽 **著**　刘海颖 **译**

图书策划 孙肇志　　**责任编辑** 柏　宁
封面设计 周长姣　　**特约编辑** 孙俊臣
美术编辑 杨佩佩
出版发行 未来出版社
地址 西安市雁塔区登高路1388号（邮编 710061）
开本 889 mm×1 194 mm 1/16 **印张** 26
字数 6.131千字
印刷 鹤山雅图仕印刷有限公司
版次 2023年12月第1版
印次 2023年12月第1次印刷
书号 ISBN 978-7-5417-7607-6
定价 210.00元（共7册）

出品策划 荣信教育文化产业发展股份有限公司
网址 www.lelequ.com　**电话** 400-848-8788

松鼠先生和森林之王

[德]塞巴斯蒂安·麦什莫泽 著　　刘海颖 译

乐乐趣

陕西新华出版
未来出版社
·西安·

“森林之王降临的时候，总是如此与众不同。”

山羊先生讲起了古老的传说。

他的脑袋像狐狸的一样尖，
他的耳朵像兔子的一样长，
他的身体像驼鹿的一样高大，
他的头上戴着用树叶编织的王冠，
他的胸前还佩戴着一颗明亮的晨星。

一百年前，森林之王从迷雾中缓缓走来，

在森林里和草地上穿梭。

他为森林带来了春天。

他走过的地方，绿草如茵，百花盛开。

森林之王说的话，成为所有动物遵守的法则。

在他的引领下，森林里的一切都变得井然有序，
动物们过上了幸福美好的生活。

从那以后，松鼠先生经常梦到森林之王。

森林之王是不是有一天也会来到他住的这片森林，

让他过上更加幸福美好的生活？

一天早上，松鼠先生忽然醒了过来，

他的鼻子好像被什么东西呛了一下。

天哪，是一股刺鼻的味道！

一股他十分熟悉的味道。

是谁这么厚脸皮，

居然在松鼠先生的家门口撒尿？

快看！树下站着一个家伙，

他的脑袋像狐狸的一样尖，

他的耳朵像兔子的一样长，

他的腿像刺猬的一样短，

他的身上还有像奶牛身上一样的斑纹。

松鼠先生还看到，

他的头上长着一对像树枝一样点缀着绿叶的鹿角，

胸前还佩戴着一颗闪闪发光的星星。

这只能说明一件事……

森林之王来了！

多么幸运，多么荣幸啊！松鼠先生亲眼见到了森林之王！

他带来了春天！

他知道怎样才能过上幸福美好的生活吗？

别着急，森林之王的好主意可多了……

想要过上幸福美好的生活，必须挖很多洞。

要飞快地绕圈跑，一直跑到头晕眼花。

还要时不时地挠挠耳朵。

一定不要忘了坐下来，东瞧瞧，西看看。

不过，最重要的是，

要在自己的地盘留下气味，做好标记！

一切都安排好了。

当然，森林之王不会只待在一个地方。

不一会儿，他就消失得无影无踪了。

他已经把知道的全都教给了大家，

得去吃午饭了。

于是，松鼠先生挖了很多很多洞，
飞快地绕圈跑，
还不停地挠耳朵。
现在，是时候在他的地盘上留下气味了。

可是，
松鼠先生现在还没有想要那个呢……

哎呀，差点儿忘了！

刺猬先生也住在这棵树下呢。

新的森林法则很快传遍了整个森林，
“抢地盘大战”轰轰烈烈地展开了。

一大早，刺猬先生已经在别的地方留下了气味，

尽管他并不想住在那里。

可是，如果别的动物也想住到他们这棵树上，那该怎么办呢？

最好的办法就是跑到湖边喝个痛快……

不过，事情可没这么简单。

所有的动物都听从了森林之王“明智的建议”。

所有的地方都有动物在抢地盘。

熊先生走到哪里，就把哪里当成自己的家，
这是所有动物都知道的事。

但是，现在不一样了。
因为每个动物都标记了自己的地盘，
别的动物就再也不能去住了。

现在，整个森林变得臭气熏天！

松鼠先生很想问问森林之王该怎么办，
他这一走说不定又要等一百年才出现呢！

大家可等不了那么久。

至少，还有一个地方没有动物居住，

森林之王的智慧还没传到那里……

虽然这里有点儿拥挤，但总算可以呼吸到新鲜空气。
这么多朋友住在一起，一百年一定很快就会过去的。
到那时，森林之王归来，
一切又可以恢复正常了。

突然，一个奇怪的身影从迷雾中缓缓走来。

有的动物说，他们看到他的脑袋像狐狸的一样尖；
有的动物说，他们看到他的耳朵像兔子的一样长；
还有的动物说，他们看到他的身体像驼鹿的一样高大。

当清晨洒下第一缕阳光，
那个身影越来越淡，直到消失不见。

空气从来没有这么清新过，小草好像比以前更绿了。

可是，松鼠先生心里很清楚，**这里就是他的家。**

即使真正的森林之王再也不会出现，也没关系，

因为，他们都已经过上无比幸福美好的生活了。

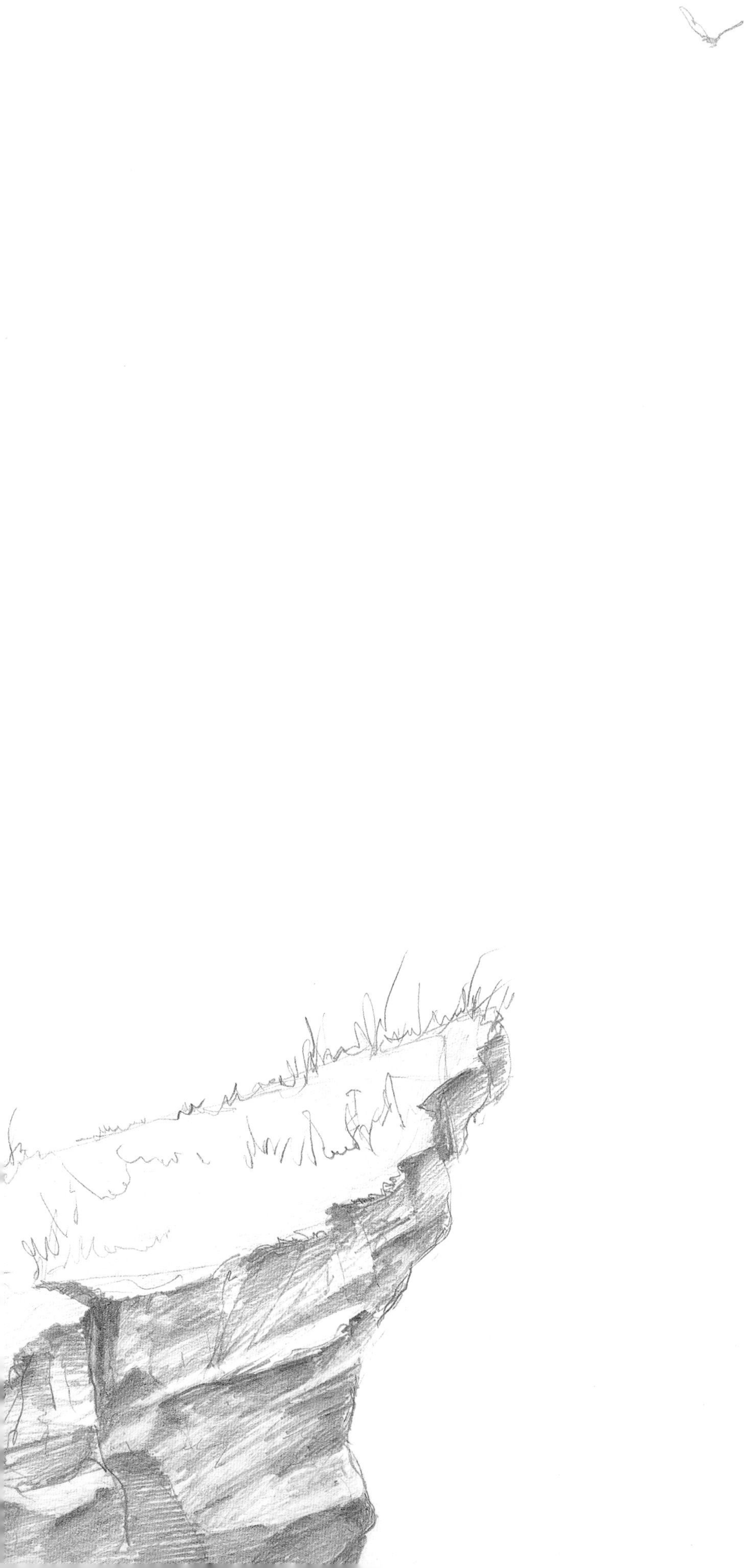

松鼠先生去远方

[德]塞巴斯蒂安・麦什莫泽 著　　刘海颖 译

乐乐趣
陕西新华出版
未来出版社
・西安・

有时候，松鼠先生不大喜欢在森林里到处疯跑，打打闹闹。

那样一来，整个森林仿佛都在他的脑袋里嗡嗡作响，乱成一团。

松鼠先生有点儿苦恼，

他渴望去一个更安静的地方。

山羊先生告诉他，远方有他想要的一切。

在那遥远的地方，所有的梦想都会实现。

不过，远方是那么遥远，远得让人看不见，

却又那么广大，大得无边无际。

松鼠先生想象自己就在远方，就在那里。

一开始，远方什么都没有……

只有松鼠先生和一片寂静。

哦！也许，远方会有一些石头。

松鼠先生独自走在荒凉的旷野中，
一边享受着难得的安静，一边欣赏着身边的石头。

“要是能和好朋友一起在远方欣赏这些石头，”松鼠先生心想，“也许会更有趣。”比如，他的好朋友刺猬先生。

和朋友一起看比自己单独看，能得到更多意想不到的东西。

如果和一个**真正的朋友**一起欣赏，

连石头都会变得乐趣无穷。

不过，远方也有夜幕降临的时候。
在黑暗中，石头看起来不再那么有趣，
也许，它们会变成幽灵般可怕的模样。

尽管松鼠先生并没有那么胆小，但在这么一个吓人的地方，

如果有一个既高大又强壮的朋友陪在身边，就再好不过了。

比如，他的好朋友熊先生。

熊先生一定会赶跑黑夜带来的恐惧。

松鼠先生和刺猬先生可以站在熊先生的背上，

安心地迎接**黎明**的到来。

说到这儿，远方的早餐到底什么样呢？

毕竟，熊先生的肚子总是动不动就咕咕叫。

当然啦，松鼠先生肯定会找到一条小河，

河里有很多肥美的鱼儿，河边还长着挂满了浆果的灌木丛。

现在嘛，距离在远方过上完美的幸福生活，还差那么一点点。

毕竟，松鼠先生是很容易满足的……

也许，有几棵让熊先生蹭痒痒的大树……

也许，有几丛散发着香气的花儿……

也许，有一群围着花儿翩翩起舞的昆虫……

也许，还可以再来点儿美妙动听的音乐！

如果山羊先生也在那里，讲一个古老的故事，就更完美了。

不过，可要多带上一些朋友，因为山羊先生喜欢有很多听众。

松鼠先生慢慢闭上了眼睛……

他多么渴望能在远方找到这么一个迷人的地方呀！

当一个**梦想**足够热烈的时候，

它一定就会实现。

著作权合同登记号：陕版出图字25-2023-258

Sebastian Meschenmoser - Herr Eichhorn und die Ferne

图书在版编目（CIP）数据

松鼠先生去远方 / （德）塞巴斯蒂安・麦什莫泽著 ；刘海颖译. — 西安 ： 未来出版社，2023.12
（如果月亮掉下来）
ISBN 978-7-5417-7607-6

Ⅰ. ①松… Ⅱ. ①塞… ②刘… Ⅲ. ①儿童故事－图画故事－德国－现代 Ⅳ. ①I516.85

中国国家版本馆CIP数据核字(2023)第202875号

松鼠先生去远方 Songshu Xiansheng Qu Yuanfang

［德］塞巴斯蒂安・麦什莫泽 **著**　刘海颖 **译**

图书策划 孙肇志　**责任编辑** 柏　宁
封面设计 周长姣　**特约编辑** 孙俊臣
美术编辑 杨佩佩
出版发行 未来出版社
地址 西安市雁塔区登高路1388号（邮编 710061）
开本 889 mm×1 194 mm 1/16　**印张** 26
字数 6.131千字
印刷 鹤山雅图仕印刷有限公司
版次 2023年12月第1版
印次 2023年12月第1次印刷
书号 ISBN 978-7-5417-7607-6
定价 210.00元（共7册）

出品策划 荣信教育文化产业发展股份有限公司
网址 www.lelequ.com　**电话** 400-848-8788

著作权合同登记号：陕版出图字25-2023-258

图书在版编目（CIP）数据

松鼠先生找幸福 / （德）塞巴斯蒂安·麦什莫泽著 ；刘海颖译. — 西安 ： 未来出版社, 2023.12
（如果月亮掉下来）
ISBN 978-7-5417-7607-6

Ⅰ. ①松… Ⅱ. ①塞… ②刘… Ⅲ. ①儿童故事—图画故事—德国—现代 Ⅳ. ①I516.85

中国国家版本馆CIP数据核字(2023)第202882号

松鼠先生找幸福 Songshu Xiansheng Zhao Xingfu

[德]塞巴斯蒂安·麦什莫泽 **著**　刘海颖 **译**

图书策划 孙肇志　　**责任编辑** 柏　宁
封面设计 周长姣　　**特约编辑** 孙俊臣
美术编辑 杨佩佩
出版发行 未来出版社
地址 西安市雁塔区登高路1388号（邮编 710061）
开本 889 mm×1 194 mm 1/16 **印张** 26
字数 6.131千字
印刷 鹤山雅图仕印刷有限公司
版次 2023年12月第1版
印次 2023年12月第1次印刷
书号 ISBN 978-7-5417-7607-6
定价 210.00元（共7册）

出品策划 荣信教育文化产业发展股份有限公司
网址 www.lelequ.com　**电话** 400-848-8788

松鼠先生找幸福

[德]塞巴斯蒂安·麦什莫泽 著
刘海颖 译

乐乐趣
陕西新華出版
未来出版社
·西安·

一天早上，松鼠先生醒来，

发现一切都**变样了！**

世界突然变得五颜六色，

这是怎么回事？

“春天来了！”

熊先生扯着嗓门大声喊，

“我们可以去晒晒太阳，

在草地上打打滚儿，把肚子吃得鼓鼓的！”

可是，刺猬先生却没有一点儿胃口。

因为，他刚刚路过池塘，

在那里遇见了……

一位美丽的刺猬姑娘!

刺猬先生立马掉头跑开了！

幸好，松鼠先生赶来给老朋友想办法。

松鼠先生觉得，
要赢得刺猬姑娘的芳心，可不是一件容易的事。
刺猬先生最好变得英勇无畏、本领高强，
还要拥有无上的荣誉和声望。

当然，想要得到荣誉和声望，

必须面对一场又一场凶险的决斗。

“这个办法真不错！”

松鼠先生心想。

可是，要在凶险的决斗中取胜，
总得让自己看起来**足够凶狠**吧！

松鼠先生可是一个地地道道的好朋友，
他决定陪在刺猬先生身边，和他一起面对。

不过，他们必须先找到一个合适的对手。

这和松鼠先生想象的可不太一样……

他们需要的对手至少要和他们一样勇敢，

还要有高大的身躯、强壮的体魄。

最好是森林里最凶猛的动物！

像往常一样，熊先生吃饱喝足了。

他突然想起来，已经很久没见到那两个老朋友了。

那两个家伙到底去哪儿了？

他们是不是迷路啦？

还是遇到了什么麻烦？

熊先生想了好半天，加上刚刚饱餐一顿，

不知不觉就打起瞌睡来了……

他决定，先小睡一会儿。

就这样，松鼠先生和刺猬先生“打败”了大熊。
不过，大熊一定不会生他们的气啦！
他那么高大、强壮，一眨眼工夫就会恢复体力的。

现在，刺猬先生已经拥有了荣誉和声望，
那就行动吧，可以给心爱的刺猬姑娘送花啦！

“谁都可能会遇到这种事。”鸭子安慰说。

毕竟，春天才刚刚开始嘛！

著作权合同登记号：陕版出图字25-2023-258

图书在版编目（CIP）数据

松鼠先生和月亮 /（德）塞巴斯蒂安·麦什莫泽著；刘海颖译. — 西安：未来出版社，2023.12
（如果月亮掉下来）
ISBN 978-7-5417-7607-6

Ⅰ. ①松… Ⅱ. ①塞… ②刘… Ⅲ. ①儿童故事－图画故事－德国－现代 Ⅳ. ①I516.85

中国国家版本馆CIP数据核字(2023)第202883号

松鼠先生和月亮 Songshu Xiansheng he Yueliang

[德]塞巴斯蒂安·麦什莫泽 著　刘海颖 译

图书策划 孙肇志　**责任编辑** 柏　宁
封面设计 周长姣　**特约编辑** 孙俊臣
美术编辑 杨佩佩
出版发行 未来出版社
地址 西安市雁塔区登高路1388号（邮编 710061）
开本 889 mm×1 194 mm 1/16 **印张** 26
字数 6.131千字
印刷 鹤山雅图仕印刷有限公司
版次 2023年12月第1版
印次 2023年12月第1次印刷
书号 ISBN 978-7-5417-7607-6
定价 210.00元（共7册）

出品策划 荣信教育文化产业发展股份有限公司
网址 www.lelequ.com　**电话** 400-848-8788

松鼠先生和月亮

[德]塞巴斯蒂安·麦什莫泽 著
刘海颖 译

乐乐趣

陕西新华出版
未来出版社
·西安·

一天早上，松鼠先生忽然醒了过来，

因为**月亮**掉到了他的屋檐上！

这个又大又圆、泛着淡黄色光的**月亮**，

跟松鼠先生平时看到的月亮一模一样。

它怎么偏偏落在了松鼠先生的屋檐上？

难道有人把月亮偷下来，丢在这儿了？

如果有人正在找月亮，

却发现……

月亮就在松鼠先生这里……

天哪！那个人很可能会怀疑他，说不定还会抓住他，

把他关起来……

必须把月亮**弄走**！

这天早上，刺猬先生忽然醒了过来，

因为**月亮**掉到了他的背上，还牢牢地扎在刺上。

好在——松鼠先生就在附近，

可以帮他一把。

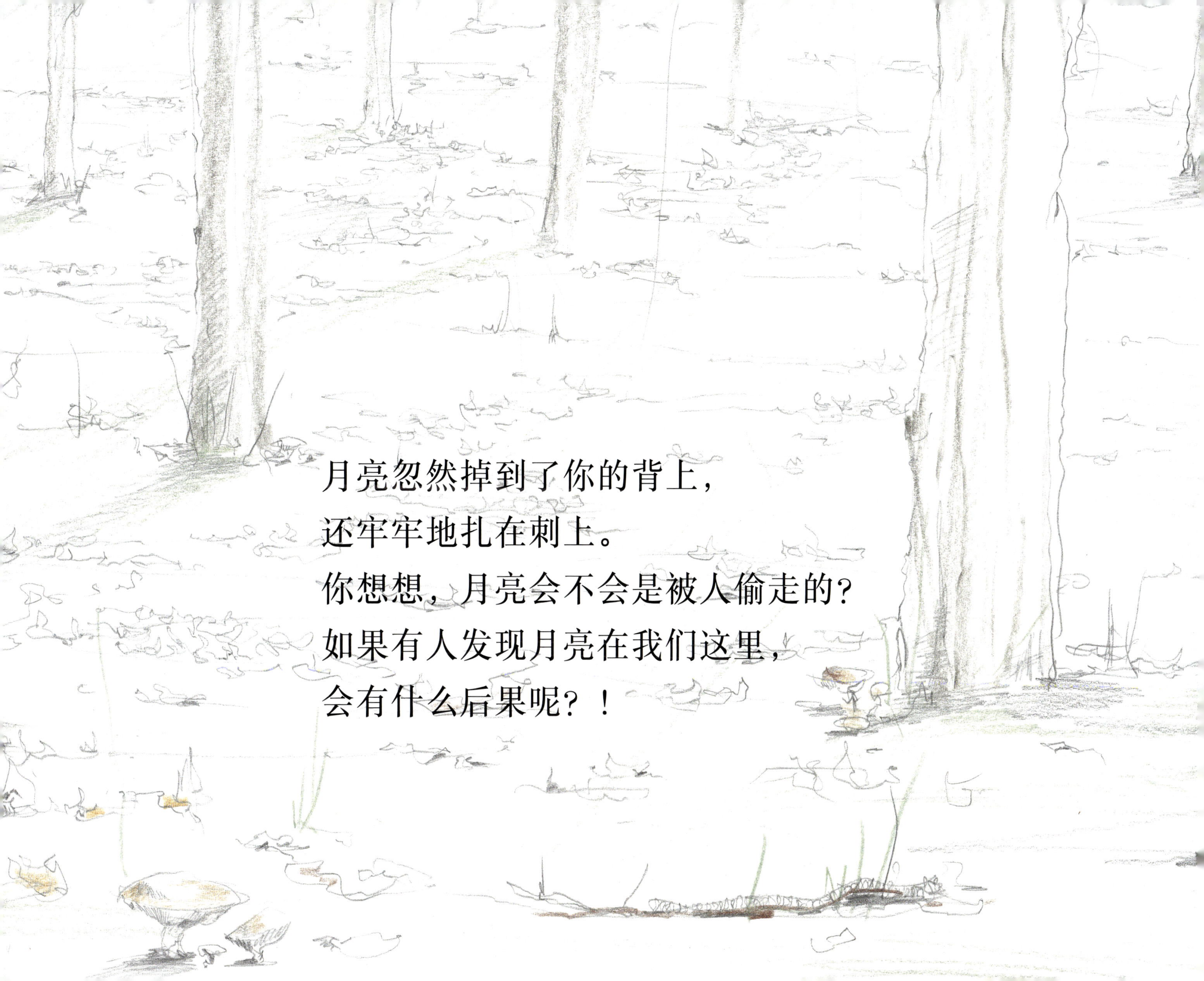

月亮忽然掉到了你的背上，
还牢牢地扎在刺上。
你想想，月亮会不会是被人偷走的？
如果有人发现月亮在我们这里，
会有什么后果呢？！

必须把月亮**弄走**！

这时，山羊先生走了过来。

他看了看……

一下子把羊角插在**月亮**上。

月亮插在羊角上，

刺猬扎在月亮上，

松鼠先生眼睁睁地看着

山羊先生一头撞到了大树上。

松鼠先生想，
也许我不会被关起来吧，
我可以把这件事解释清楚，
再把月亮上的洞洞修补好。

第二天早上，山羊先生忽然醒了过来，
因为一直背着月亮的刺猬先生告诉他，
月亮变味了。

这可不是什么好事……

山羊先生自由了……

刺猬先生自由了……

老鼠们吃饱了……

但是，月亮也被弄坏了！

必须把月亮**弄走**！

最好让它回到天上去，那里才是它的家。

现在，**月亮**又回到天上了。

松鼠先生想，它一定很快就会恢复成原来的样子。

松鼠先生和蓝鹦鹉

[德]塞巴斯蒂安·麦什莫泽 著
刘海颖 译

乐乐趣

陕西新华出版
未来出版社
·西安·

一天早上，熊先生忽然醒了过来，

因为有一个**奇怪的家伙**一屁股坐在了他的脑袋上。

这个小家伙浑身上下蓝乎乎的，

熊先生觉得他长得奇怪极了。

这天早上，松鼠先生也忽然醒了过来，

因为熊先生一大早就跑过来找他。

那个浑身蓝乎乎的小家伙，

熊先生走到哪里，他就跟到哪里。

熊先生可从来没见过这样的动物，

他一定不是这片森林里的！

在森林里，谁都知道熊先生有多么可怕，
谁会冒这么大的风险跟踪他呢？！
可是，这个小家伙不是这里的，
他浑身蓝乎乎的，和其他动物完全不一样。

也许……
松鼠先生左思右想，
他可能来自**另一个星球！**

说不定他还有很多同伴，这次就是来抓捕熊先生的。

他们可能会把熊先生带进宇宙飞船，

飞往蓝色星球上的蓝色城市。

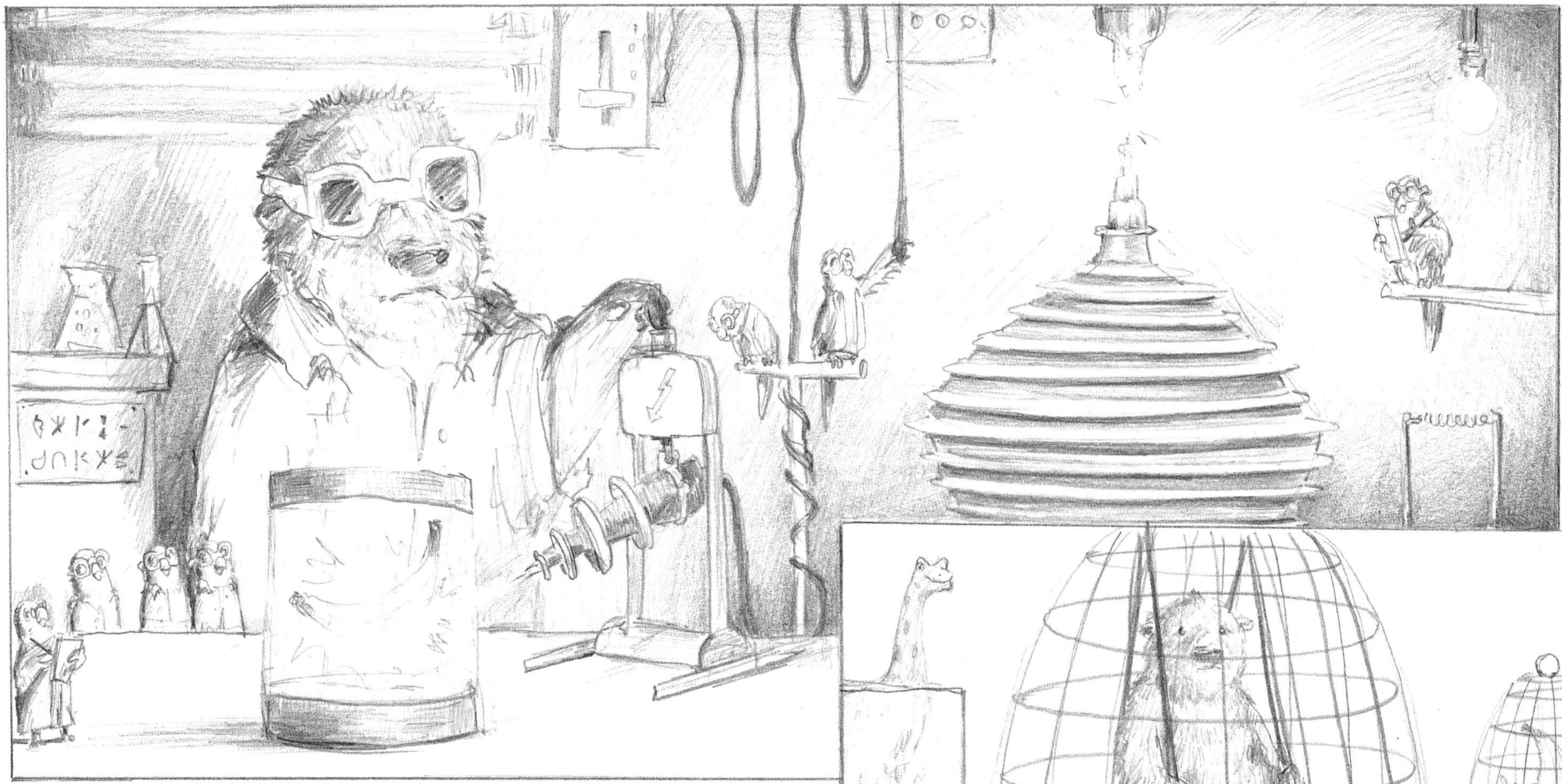

他们也许会拿熊先生做实验，

或者干脆把熊先生关起来！

熊先生还可能会卷入激烈的星球大战，

或者被迫加入马戏团，天天供人取乐。

这可怎么办呢？

最好是能想出一个好主意，

彻底摆脱这个外星来的小怪物！

要做到这一点，

只要把熊先生假扮成一棵树，

再把一棵树装扮成熊先生的模样，就可以啦。

这可是松鼠先生的拿手好戏。

现在，他们只需要耐心地等待着，
那个外星小怪物带上一头假熊，
欢欢喜喜地返回自己的蓝色星球。

那头假熊看起来就像真的一样……

刺猬先生说：“也许我们应该先找到他们的宇宙飞船，
然后把它偷偷藏起来。
没有宇宙飞船，那些外星小怪物就没办法带走熊先生，
也不会一直跟踪他啦！”

没想到，

他们很容易就找到了那艘“宇宙飞船”……

还有用来伪装的上好材料。

可是，外星小怪物**总是比他们快一步！**

看来，最好还是潜入地下，悄悄地提醒所有动物吧。

万一，那些外星小怪物想要的，不止一头熊呢！

也许，聪明的山羊先生会有好办法。

或者，大家可以先去他那里躲一躲……

松鼠先生没那么多时间跟山羊先生解释，

因为可怕的跟踪者已经发现他们了！

熊先生脑袋上那些圆圆的小东西，
看起来跟鸟蛋一模一样。

熊先生心想：

“也许，这些浑身蓝乎乎的小家伙根本没打算带他走，

也许，他们不小心把蛋下在他的脑袋上，

只是为了寻找一个安全的地方来孵蛋吧！”

难道还有比**熊先生的脑袋**更安全的地方吗？

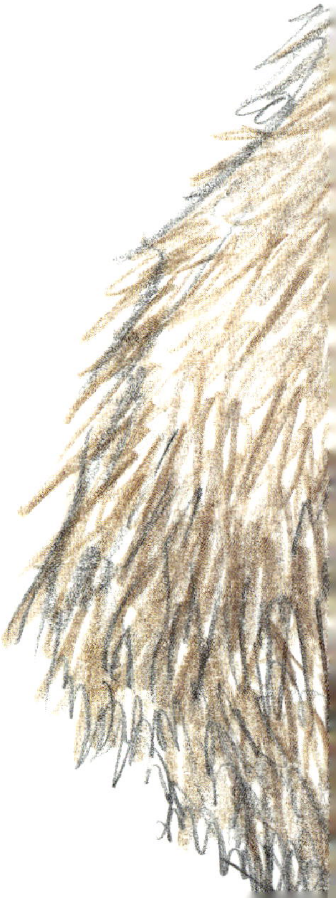

著作权合同登记号：陕版出图字25-2023-258

图书在版编目（CIP）数据

松鼠先生和蓝鹦鹉 /（德）塞巴斯蒂安·麦什莫泽著；刘海颖译. — 西安 ：未来出版社，2023.12
（如果月亮掉下来）
ISBN 978-7-5417-7607-6

Ⅰ. ①松… Ⅱ. ①塞… ②刘… Ⅲ. ①儿童故事－图画故事－德国－现代 Ⅳ. ①I516.85

中国国家版本馆CIP数据核字(2023)第202877号

松鼠先生和蓝鹦鹉 Songshu Xiansheng he Lan Yingwu

[德]塞巴斯蒂安·麦什莫泽 **著**　刘海颖 **译**

图书策划 孙肇志　**责任编辑** 柏　宁
封面设计 周长姣　**特约编辑** 孙俊臣
美术编辑 杨佩佩
出版发行 未来出版社
地址 西安市雁塔区登高路1388号（邮编 710061）
开本 889 mm×1 194 mm 1/16 **印张** 26
字数 6.131千字
印刷 鹤山雅图仕印刷有限公司
版次 2023年12月第1版
印次 2023年12月第1次印刷
书号 ISBN 978-7-5417-7607-6
定价 210.00元（共7册）

出品策划 荣信教育文化产业发展股份有限公司
网址 www.lelequ.com　**电话** 400-848-8788

乐乐趣

如·果·月·亮·掉·下·来

阅读指导手册

☑ 解码故事主题 ☑ 赏析插画特色 ☑ 探索隐藏细节

专家导读

优秀的艺术基因，必读的系列经典

姬炤华（多项图书奖评委、艺术推广人，图画书《天啊！错啦！》作者）

《如果月亮掉下来》讲的是松鼠先生和朋友们的故事。像这样的系列图书，最吸引人的地方是它塑造出了一个“人物宇宙”，使读者沉浸其中，仿佛自己也是这个宇宙中的一员，与书中的人物同离合、共悲欢。许多系列作品都属于这一类，比如漫画《丁丁历险记》、小说《福尔摩斯探案集》、情景喜剧《我爱我家》等。这些作品由一个个独立的短故事组成，却塑造了固定的人物及其生活空间，甚至还有清晰的时间线。每个短故事都发生在时间线的不同位置上，尽管独立成章，但彼此之间还有关联，使人感觉故事中的人物并非虚构，而是真实存在的。

《如果月亮掉下来》也是这样，松鼠先生、刺猬先生和熊先生，以及那只长着教授款胡子、看上去似乎很有学问的山羊先生……这些角色都是活生生的，就像住在离读者不远的某处森林里的邻居，而这片森林被描绘得生动无比，甚至涵盖了春夏秋冬不同的季节。

之所以有这样的效果，秘诀就在于这套书有一个个互有关联的系列短故事，相较于由始至终的长故事，这种形式更接近于真实的生活。请仔细想一想，我们平时和邻居打交道，是不是早上见一面，晚上再见一面？是不是今天听说了张三的一段逸闻，明天又目睹了李四的一桩糗事？这样的形式不仅令这个系列故事喜闻乐见、老少咸宜，对儿童来说还是不可或缺的，因为故事越接近生活的真实形态，其在“社会化发展”方面所起的作用就越明显，

也越重要。所以，稍大一些的孩子，包括青春期的少年，很有必要至少读一套这种系列故事。

本套书的另一大制胜法宝是它的幽默。比如在《松鼠先生和月亮》《松鼠先生和森林之王》《松鼠先生和第一场雪》这几个故事里，由误会所引起的滑稽效果让人忍俊不禁。幽默的源泉之一就是误解，而想象和误解的思维机制又是十分相似的，“想象”是在头脑中生成事物的能力，“想象力”则是在两种以上不同事物之间找到共性，进行嫁接，并最终生成新事物的能力。请看，无论是把奶酪当成了月亮，把项圈里插着树枝的小狗当成森林之王，还是设想一场漫天掉牙刷的“雪”，其背后的“误解”都可以顺理成章地成为“想象”，进而培育出“想象力”。由于人类最核心的学习方式是“观察与模仿”，所以训练“想象力”的最好方法，莫过于读一本充满想象力的幽默书籍。

此外，优秀的文艺作品所表现的情感和思想的价值，本套书中也同样不缺。比如《松鼠先生去远方》中对友情的赞美，《松鼠先生和蓝鹦鹉》中对安全的定义，《松鼠先生找幸福》中的失落与慰藉，无一不是在幽默之中使读者获得情绪的释放与情感的力量。同时，这些故事又富含深邃的哲理，比如《松鼠先生去远方》中所揭示的最美好的地方就是当下你脚踩的这一片土地，以及你拥有的亲人与朋友；《松鼠先生和蓝鹦鹉》告诉我们，那些灵魂温良的人总是会给人十足的安全感；而《松鼠先生找幸福》则让我们明白，生活并不总是那样完美，但生活给予我们的，已足够多了……

以上这一切，都是通过绘画艺术来实现的。一部绘本给人的第一印象恰恰就来源于绘画，其重要性自不待言，而这套书最抓人眼球之处，也正是它的绘画。即使是外行，也能强烈感受到这些绘画的魅力。作者在纸上留下了清晰的笔触，当你顺着这些笔触，去想象画笔是如何运动的，你就能产生一种像是在歌唱或舞蹈一样的欢畅感，这是本套书最显著的艺术特色。

人类的绘画经过至少十万年的积累和发展，工具、材料和画法都几经巨变，但一些基本的规律、特征和形式却始终如一，就像数学和物理学的定律一样。比如，绘画会呈现两种基本的形态：一种是不露笔触，工整描摹；另一种是在画面上留下清晰的笔触，让人看出运笔的痕迹，感受到作者作画时的情感和动作，这一类中优秀的绘画作品，其笔触就像歌唱或者舞蹈般自由挥洒，酣畅淋漓。这两种形态不拘泥于何种媒材、技法，或是否写实，都广泛存在。

一眼便知，《如果月亮掉下来》系列便属于后者。本套书除了个别表现脑中所思的画面以外，绝大多数是彩铅素描。这种快速完成、留下书法般自由笔触的素描也被称为“速写”，“速”和“写”这两个字就很好地概括了这种绘画的特征。“速写”不仅指素描，油彩和水墨都可以画“速写”，西方表现主义的油画和东方的写意画，其审美特征都可与“速写”归为一类。

由此，我们可以看到，优秀童书并不简单，童书里的绘画，其规律、特征和形式与整个人类的艺术是一体的。在孩子们成长的早期，优秀的艺术基因就通过童书埋藏在他们的大脑里了。等待有一天，它们会发芽结果，帮助孩子们的人生变得更加圆满。

专家导读

无言的魅力，幽默的哲学

九儿（图画书作家，代表作有《鄂温克的驼鹿》《纽扣士兵》等）

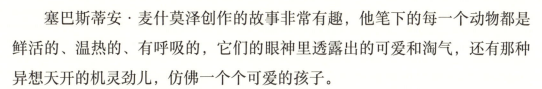

塞巴斯蒂安·麦什莫泽创作的故事非常有趣，他笔下的每一个动物都是鲜活的、温热的、有呼吸的，它们的眼神里透露出的可爱和淘气，还有那种异想天开的机灵劲儿，仿佛一个个可爱的孩子。

《如果月亮掉下来》系列之所以让人着迷，离不开麦什莫泽独特的叙事方式，而他对绘本里文图关系的处理，巧妙得让人惊叹。

在《松鼠先生和蓝鹦鹉》中，为了逃避蓝鹦鹉的跟踪，松鼠先生把熊先生打扮成树，把树打扮成熊先生，这个办法可行吗？这看起来似乎是一种非常幼稚的方式，但作者在书中的铺垫做到了让你急人所急，深信这是当时顶顶好的办法。然后，他们布置一番，安静地等待那个奇怪的蓝色小家伙。接下来，三个跨页的画面都没有文字，这种呈现方式多么体贴呀！很多悬疑电影也是如此，越是没有声音、没有对白的画面，越是让人感到无比紧张。

可以想象，看书的读者和书里的角色一样，在一起屏息等待的过程中，多一个字都是打扰，都是破坏！世界安静下来，以至于那个蓝色小家伙突然落在旁边，他们竟然都没有察觉。不过，麦什莫泽设计的这个突然降临的不速之客，以及独特的背后视角，把看到真相的机会只留给读者，任谁都会发出一声惊呼吧！谁能忍得住呢？反正我没有忍住。结果，大家都吓了一跳……接下来，他们真的四散跑开了。多么高级的互动设计呀！而且，这样的设计不止一次地出现在同一本书里。麦什莫泽总是在似乎很需要文字的地方不着

一字，恰到好处地增加了读者的阅读体验和参与感。

《松鼠先生和第一场雪》与《松鼠先生和蓝鹦鹉》一样，结尾处出现的人类依然不知道发生了什么，似乎只有他们错过了一个好故事。这种极具戏剧性的情节，又让读者突然清醒，并再次提醒读者人类的身份。如此一来，读者从有趣的故事中走出来，稍作休息，对万物的爱意油然而生。

麦什莫泽总是在书的开始部分就为故事做足铺垫，而且也是用无言的画面来体现。比如在《松鼠先生去远方》中，从环衬开始，再到扉页，一直到正文第二个跨页，作者都在交代整个森林喧嚣的原因。这喧嚣的感觉仿佛就在眼前，你能听到树枝断裂、动物尖叫和蜜蜂嗡嗡嗡的嘈杂声，可作者就是什么也不说，只是把画面呈现在读者的眼前。等到文字出现，主角松鼠先生的故事才正式开始。

麦什莫泽骨子里或许是一个善于写诗的孩童。他的语言既充满诗意，又那么童真，那么充满孩子气，还那么一本正经，让你觉得这是有趣的故事，同时又不得不相信这就是真实的事。“所有的梦想都会实现。不过，远方是那么遥远，远得让人看不见，却又那么广大，大得无边无际。”这句话读起来格外成人化，但当它从松鼠先生的心里发出来，再加上松鼠先生站在枝头的画面，它就代表了孩子的心情，作者只是把这些在孩子心中难以描述的情愫，温和轻柔却又强烈直白地表述出来。

“一开始，远处什么都没有……只有松鼠先生和一片寂静。”画面中除了地平线和松鼠先生的影子，真的什么都没有。这种诗一般的文字表述，让画面拥有了一种比较深刻的东西——一种在深远的背景中更为凸显的孤独感。自然而然地，松鼠先生想到了他的好朋友，以及每一个好朋友所拥有的陪伴和克服困难的力量。虽然我们有时候想安静一会儿，但和好朋友在一起是非常幸福的事；虽然我们和好朋友在一起很幸福、很快乐，但享受片刻的孤独也是不错的事。喜欢孤独和渴望陪伴是每个人都需要的。

《如果月亮掉下来》系列中最富有戏剧性的还是《松鼠先生和月亮》。书的开头依然没有文字，三个跨页交代了事情的起因，然后主角松鼠先生出现，看到“月亮”掉到了他的屋檐上。在这里，读者知道那不是月亮，而是一块大大的、圆圆的奶酪，有一种坐在台下看剧的轻松感。

为了把“月亮”弄走，松鼠先生和他的朋友们煞费苦心。跌宕起伏的情节与那个气定神闲的绣花男人形成鲜明对比，让人过目不忘，也让人惦记，他最后怎么样了？月亮没了，他不能继续干活了，他和松鼠先生、山羊先生一起坐在监狱里，而马桶又多了两个。这样的画面让读者忍俊不禁，就像高明的喜剧演员，自己是严肃的，但观众却是沸腾的。结尾处，出现的依然是不太了解真相的人——故事开头的那对父子，他们不明白奶酪怎么跑到天上去了。知道所有真相的只有读者，而最满意、最愉悦的，也一定是读者。

幽默是一种哲学。能够在儿童图画书创作中游刃有余的作者非常少，但是塞巴斯蒂安·麦什莫泽如此驾轻就熟，也许是他骨子里一直存在的童真、幽默和智慧使然。也许，他真的养了一只松鼠；也许，他拥有整个森林里的朋友；也许……谁知道呢？所以，那些奇思妙想的好故事才源源不断地冒出来，让读者喜欢，也让所有的创作者羡慕，尤其是他笔下的松鼠先生。

专家导读

图画书里展演的上乘喜剧

宋珮（艺术工作者、儿童文学评论家、图画书研究者、资深童书译者）

《如果月亮掉下来》系列作品是一套以松鼠先生为主角的图画书，情节铺陈幽默有趣，故事发生的场景都在森林里的“动物社区”。松鼠先生头脑灵活，想象力十足，他和好朋友刺猬先生、熊先生、山羊先生总是一起面对许许多多的突发事件，努力想出解决的方法。所谓突发事件，多半是他们生活的森林中意外出现了人工产物或陌生的动物，这些不寻常的“侵入者”，或是造成了骚动，或是引起了误会，同时也构成了喜剧的元素，可以说故事的趣味就源于此。

在《松鼠先生和月亮》里，一大块掉落的奶酪吓着了松鼠先生，他以为黄澄澄的圆形奶酪就是月亮，而月亮居然从天上掉下来了；在《松鼠先生和第一场雪》里，冬眠的动物从来没有见过雪，于是决定等候，然而他们以为是雪的东西，却都是人类遗留在森林里的垃圾；在《松鼠先生找幸福》里，刺猬先生爱上了“一位美丽的刺猬姑娘”，却不知道“她”竟是人类丢在池边的刷子；在《松鼠先生和森林之王》里，随主人一同到森林露营的狗，竟被认为是伟大的森林之王；在《松鼠先生和蓝鹦鹉》里，松鼠先生更是把蓝鹦鹉当成了来自蓝色星球的外星人。

这套系列图画书是德国艺术家、绘本作家塞巴斯蒂安·麦什莫泽自写自画的作品。他使用的绘图媒材以黑色铅笔为主，大部分场景

的用色都十分精简。书中的插画线条看似潦草随性，实际上作者对动物的形体、表情、动作掌握得极其准确，使得角色及其生活的环境不仅具有强烈的真实感，更充满了无处不在的趣味与动感。除了黑色铅笔，麦什莫泽还搭配了彩色铅笔、透明水彩、水粉和其他颜料，变化出不同的效果。例如在《松鼠先生找幸福》里，为了表现五彩缤纷的春天场景，他就用彩色铅笔增添色彩；而当刺猬先生陷入绮丽的爱情幻想，松鼠先生做起堂吉诃德的英雄梦时，他就用粉红色和蓝色的水粉来呈现。又如《松鼠先生和森林之王》中的幻想画面，则使用了丙烯颜料，呈现出瑰丽的梦幻效果。

使用水粉的还有《松鼠先生和月亮》里的“月亮”（黄色奶酪）。在这本书里，麦什莫泽刻意采取了两种不同的铅笔画风，一种是极其自由洒脱的速写线条，用来叙述故事；另一种则是呈现光影的细腻的黑白素描，用来描绘松鼠先生被关进监牢的想象画面，穿插在正文故事之中。而那些监牢里的情景更是模仿了 20 世纪 30 年代卓别林自导自演的黑白默片《摩登时代》，图画书里的松鼠先生化身成电影中矮小的卓别林，而跟他关在一起的高大粗犷的囚犯看似凶恶，双手却在忙着绣花。麦什莫泽显然是借这几个有趣的画面，向喜剧泰斗卓别林致敬。

《松鼠先生和神秘核桃》和《松鼠先生去远方》里的图画也是以速写的线条为主，这样的线条不仅充分表现了动感，更展现出了一种生命的活力，例如松鼠先生在森林里四处挖藏宝洞时的连续动作，与刺猬先生一起在远方欣赏石头时捧腹大笑和担惊受怕的迥异神态，以及他们和山羊先生随着漫天的落叶翩翩起舞的欢乐景象……靠着这样轻松自由的线条，麦什莫泽熟练地描绘出不同动物独有的表情和肢体动作，这些不仅符合每个动物的特质，又因为做了拟人化的处理，塑造出了独一无二的个性，使得每个角色都变得鲜活起来。

除了故事和图画本身的趣味之外，麦什莫泽还利用图画书的翻页形式，创造出了类似纸上动画的效果。通常，他会把前环衬和扉页设计成故事的开头，例如《松鼠先生和月亮》中以奶酪掉落、滚动的画面作为开场，《松鼠先生和第一场雪》中以野雁南移、落叶纷飞来宣告冬天将至，《松鼠先生去远方》中以群蜂飞舞、大树断裂和动物尖叫的嘈杂声引出故事，《松鼠先生找幸福》中则是一派大地春回的景象。这些精心的无声设计，让读者从翻开封面、阅读前环衬和扉页的画面开始，就进入故事之中。而后环衬则是故事的尾声，余韵绵延，让读者引颈期待下一个故事的发生。

此外，在这个以松鼠先生为主角的动物故事中，环衬上也往往安排了人类的活动，像运送奶酪的父子、砍柴的人、搭帐篷野营的人、捉蝴蝶的父女和开车去森林露营的人，暗示着人类居住的社区距离动物生活的大森林其实并不远，因此动物的世界才会出现那么多人工产物，比如被丢弃的空罐头、牙刷、袜子、梳子等。由此可见，作者很巧妙地把环境议题穿插在故事里。同时，动物角色之间的互动也反映出了人类社会的诸多现象，比如社群如何和平共处、友谊如何维系等。换句话说，作者所创作的幽默情节，实在是别有深意！

作者介绍

塞巴斯蒂安·麦什莫泽

德国艺术家、童书创作者，1980 年生于德国法兰克福，当今德国最成功的儿童插画师之一。

2005 年，他创作的第一部绘本作品从 2700 多件投稿作品中脱颖而出，在博洛尼亚儿童书展上作为当时最具创新性的出版物之一展出。随后，他在 2006 年出版了《松鼠先生和月亮》，次年荣获德国青少年文学奖提名。迄今为止，他凭借“松鼠先生”系列荣获德国阅读彼得图画书奖，3 次获得德国青少年文学奖提名，在 2008 年获得荷兰银画笔奖的最佳外国图书插画师奖等众多奖项。同时，他还获得了有“插画界的奥斯卡”之称的意大利博洛尼亚国际童书展插画奖。

刘海颖

中国人民大学德语语言文学硕士，资深媒体人。长期关注儿童教育领域，致力于儿童阅读推广。业余时间从事童书翻译，译有 80 多部德国经典作品，包括《熊蜂骑士》《不会唱歌的狮子爸爸》《小国王十二月》《奔跑吧，贝蒂》《兔子先生和熊小姐》《绿色小家伙》等，译笔练达流畅，表达丰富多变。

获奖信息

2006年

德国阅读彼得图画书奖

2007年

德国青少年文学奖提名

2008年

荷兰银画笔奖

2011年

中国台湾省《时报》“开卷版”年度儿童图书

中国台湾省第61梯次“好书大家读”图画书及幼儿读物组入选书单

2012年

冰心儿童图书奖

中国儿童影响力图书

2015年

美国 Indie Next 冬季十大精选图书

版权输出

*《松鼠先生和月亮》多种语言版本

版权输出至16个国家和地区，包括：

美国、澳大利亚、巴西、哥伦比亚、丹麦、法国、意大利、日本等

媒体与专家评论

阿甲

从《松鼠先生和月亮》天马行空又令人忍俊不禁的嬉闹故事开始，德国艺术家塞巴斯蒂安·麦什莫泽渐渐绘制了一个堪比“小熊维尼的百亩森林”的大自然理想乐园，松鼠先生与刺猬、山羊、熊等好朋友一起享受着森林里充满友爱和温情的美好生活。尽管永无止境的好奇心总是让他们一次次陷入充满误会的折腾，但天真烂漫的想象力和敢于试错的冒险精神，又总能让他们最终收获满满，哪怕去追寻诗与远方却又回到了起点，也平添了许多成长的感悟和对生活的感恩。

麦什莫泽特别能抓住读者的独特配方是略带黑色幽默的荒诞趣味，还有几分调皮的向卓别林、塞万提斯等大师的致敬，儿童和成人读者都能从中品味满满的乐趣。

方素珍

《如果月亮掉下来》具有天马行空的想象力和无处不在的幽默感，有时令人捧腹大笑，有时令人掩卷沉思！德国艺术家塞巴斯蒂安·麦什莫泽用简洁的文字和轻松的线条，创造出了细节丰富、节奏感强的“纸上动画”故事。这套书以铅笔速写为主，虽着色不多，但画风独具特色，洋溢着生命的活力。最重要的是，小读者可以在阅读过程中领悟友谊、善良和幸福的真谛！

在《松鼠先生和森林之王》这本书中，雄伟庄重的背景设定和随之而来的诙谐幽默，构成了一种奇特的叙事组合。柔和的彩铅勾勒出粗犷的插图线条，给动物形象和自然环境赋予了层次感。

——《科克斯书评》

《松鼠先生和月亮》是一本充满想象力的图画书，讲述了一个具有民间传说风格的冒险故事。当松鼠先生突然发现“月亮”（一种明亮的、黄色的、像圆盘一样的东西）落在他居住的树上时，他的想象开始天马行空了……精美的超现实主义艺术插画，与这个异想天开的原创童话相得益彰！

——《中西部书评》

松鼠先生心急而自由的个性非常适合小读者，当他在树枝间疯狂奔跑、跳跃时，小读者会发出会心的笑声。《松鼠先生和第一场雪》是亲子共读的绝佳选择，特别适合那些还不认识雪的学龄前儿童。

——《书单杂志》

麦什莫泽的作品线条轻松，风格简约，极具动感。在《松鼠先生找幸福》这个关于春天的复苏和甜蜜的幸福故事中，这种风格带来了非常好的效果，能让人从昏昏欲睡中醒来。

——《科克斯书评》

《松鼠先生和蓝鹦鹉》

Q1 蓝鹦鹉为什么一直跟踪熊先生呢？

Q2 松鼠先生和刺猬先生怎样帮助熊先生摆脱蓝鹦鹉呢？

Q3 在松鼠先生的想象中，熊先生在另一个蓝色星球经历了哪些磨难？

《松鼠先生和神秘核桃》

Q1 松鼠先生在哪里发现了神秘核桃，它有什么特点呢？

Q2 为了抓住恶作剧的狐狸，松鼠先生想了哪些办法？

Q3 刺猬先生到底是怎么消失的呢？

《松鼠先生去远方》

Q1 松鼠先生为什么想去远方呢？

Q2 在松鼠先生眼里，远方完美的幸福生活是什么样的？

Q3 你认为松鼠先生最后过上想要的生活了吗？

开放式思考小课堂

《松鼠先生和月亮》

Q1 为了把月亮送回家，松鼠先生想了哪些办法呢？

Q2 回到天上的月亮，多久会变成原来的样子呢？

Q3 掉在松鼠先生家屋檐上的是真的月亮吗？

《松鼠先生和第一场雪》

Q1 为什么松鼠先生以前总是错过冬天呢？

Q2 为了保持清醒，松鼠先生做了哪些努力呢？

Q3 当松鼠先生和朋友们第一次看到真正的雪时，他们是什么样的心情？

《松鼠先生找幸福》

Q1 松鼠先生为刺猬先生做了哪几种装扮呢？

Q2 刺猬姑娘到底是谁呢？

Q3 安慰刺猬先生时，鸭子为什么会说“谁都可能会遇到这种事”？

《松鼠先生和森林之王》

Q1 真正的森林之王有哪些特点呢？

Q2 假的森林之王有哪些让生活变幸福的好主意呢？

Q3 为什么整个森林后来变得臭气熏天呢？

画一张有意义的画

读完《如果月亮掉下来》的所有故事后，哪些角色和场景令你印象深刻呢？准备一张空白的纸张或卡片，选择一个或多个你喜欢的角色和场景，和爸爸妈妈一起画出来，然后完成一张全家福吧！

✦ 画完之后，可以把画夹在书里或放进相册里，留作纪念。

一封写给彼此的信

读完这7个故事，你觉得在追求真正的快乐和幸福的人生旅途中，哪些事情是值得感恩的？想一想，将内心的想法写在下面，或者写在空白的卡片或信纸上。

✦ 爸爸妈妈可以和孩子一起写，送给对方。

亲子互动小课堂

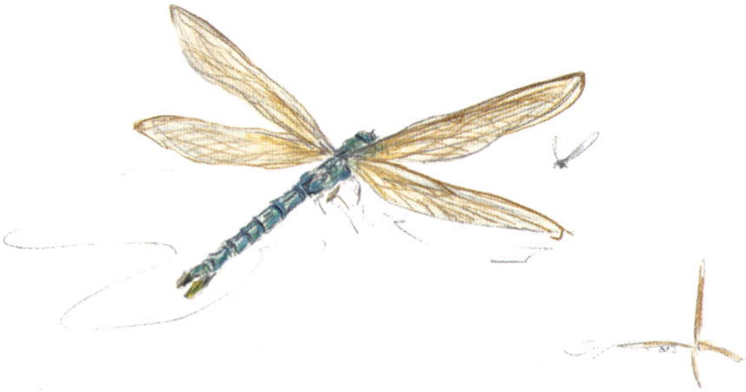

松鼠先生的性格

《如果月亮掉下来》的7个故事天马行空，惹人捧腹大笑，主角松鼠先生也给我们留下了非常深刻的印象。他和好朋友一起送回了从天而降的月亮，等到了冬天的第一场雪；他帮助刺猬先生寻找幸福，为熊先生躲避外星小怪物出谋划策，还与所有动物一同经历了森林危机；他意外发现一颗巨大的神秘核桃，还想去远方找一个安静的地方生活……这些故事凸显了松鼠先生的哪些性格特点呢？家长和孩子可以一起思考，将答案写在下面的圆形图里吧。

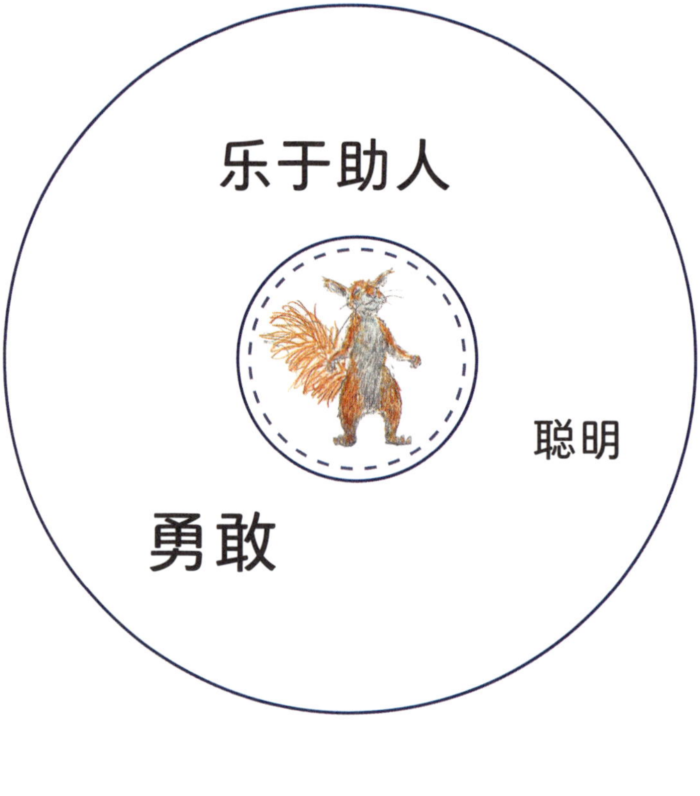

课堂小挑战

古罗马思想家奥古斯丁认为：当人追求好的事物时，他就是幸福的；当人追求坏的事物时，他就是不幸的。想一想，你觉得什么才是真正的幸福呢？可以从实际生活出发，列举一些让你感到真正幸福的时刻或事情，写在下面吧！

我的幸福生活

想象中的生活

现实中的生活

思维训练小课堂　辩证思维

在《松鼠先生去远方》中，松鼠先生想要去安静的地方生活，可最后却发现，他期待的幸福生活其实就在大森林里，那里有他的好朋友，有他渴望拥有的一切。在故事里，松鼠先生从想要离开喧闹的大森林，到意识到大森林的美好，前后对比是怎样的呢？我们用括号图整理了一下，一起看看吧。

松鼠先生的幸福生活

想象中的远方：
- 一个人待着
- 什么都没有
- 只有一片寂静
- 也许还有一些石头

现在的大森林：
- 和刺猬先生一起欣赏石头
- 和刺猬先生、熊先生一起迎接黎明
- 河里有肥美的鱼儿，河边长着挂满坚果的灌木丛
- 几棵大树、几丛花儿、一群昆虫、歌唱的鸟儿
- 听山羊先生讲古老的故事

课堂小挑战

发挥想象力，假如你生活在新的世界（森林、城堡、外星球……）里，你想经历哪些有趣的冒险呢？试着和家人一起构思，用环状结构的叙事方式，模仿松鼠先生的经历，创作一个属于自己的故事，写在下面的流程图里吧。

思维训练小课堂　环状结构

在《松鼠先生和神秘核桃》中，松鼠先生发现了一颗神秘核桃，想找一个独特的地方埋下它，可意外的事情一环扣一环，分散了他的注意力，故事的结局又回到了故事的开头。这种叙事结构被称为环状结构或循环结构。我们用流程图梳理了这个故事，一起看一看吧。

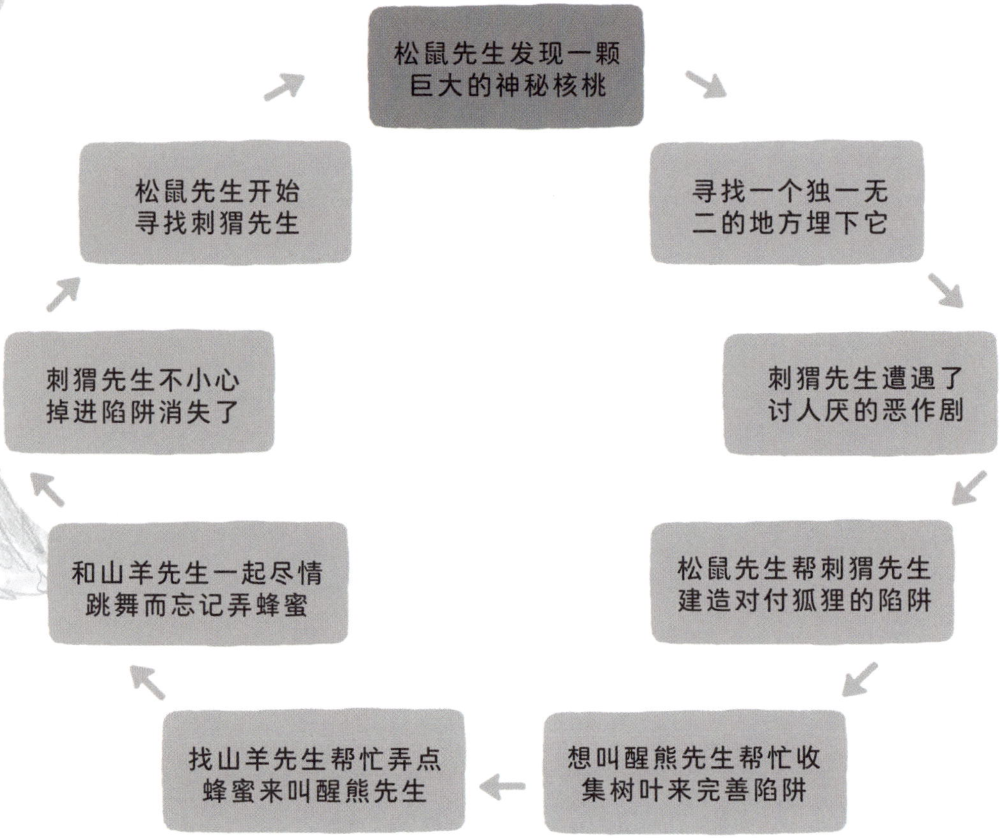

课堂小挑战

无论在什么样的处境中，松鼠先生都会想到好朋友刺猬先生和熊先生，当好朋友有需要的时候，他会很自然地挺身而出。同样，刺猬先生和熊先生也会第一时间帮助身陷窘境的松鼠先生。这就是友谊的力量！它不仅能带来快乐，还能给予我们战胜困难的勇气，让我们在困境中依旧保有对未来的盼望。回想一下，你知道自己和兄弟姐妹或最好的朋友在兴趣、性格、特长等方面，有哪些共同点和不同点吗？写在下面的维恩图里吧。

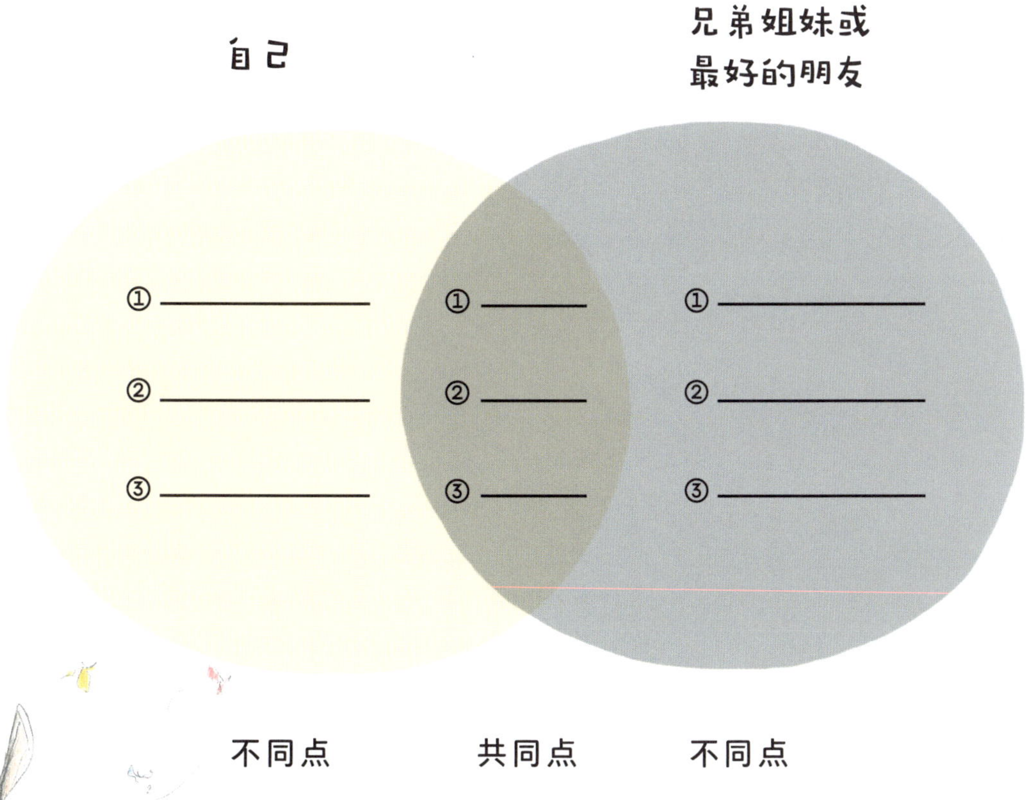

思维训练小课堂　关联思维

在《松鼠先生和森林之王》中，山羊先生回忆起森林之王时，谈到了他的样貌，你还记得吗？后来松鼠先生遇到了一个几乎一模一样的家伙，把他误认为森林之王，让大森林遭遇了一场前所未有的危机。对比一下，根据下面维恩图的提示，看一看真假森林之王有哪些共同点，又有哪些不同点吧。

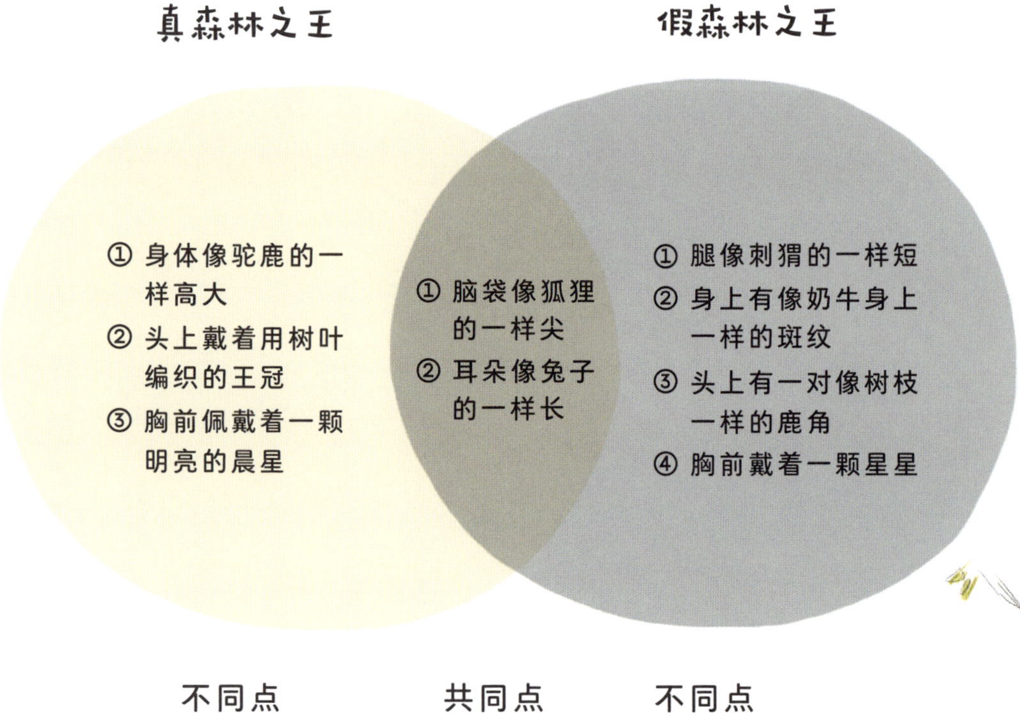

课堂小挑战

现在，发挥你的想象力，如果蓝鹦鹉真的来自蓝色星球，它邀请你去蓝色城市观光旅游，你会有怎样出人意料的经历呢？试着构思出一个简单但完整的故事，分享给家人，然后将关键的故事情节写到下面的气泡图里吧。

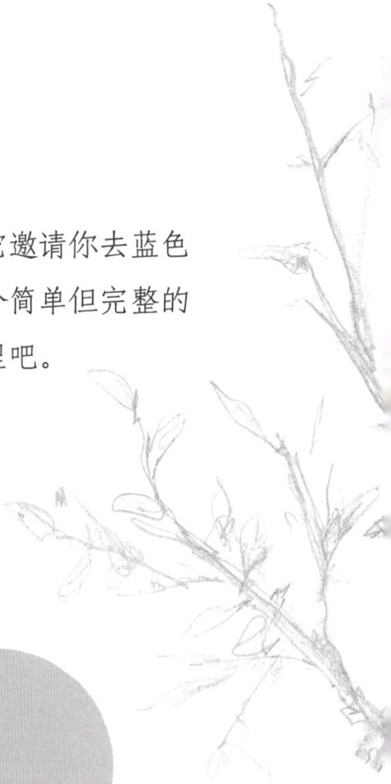

思维训练小课堂　想象思维

在《松鼠先生和蓝鹦鹉》中，松鼠先生以为蓝鹦鹉来自蓝色星球，它的目的就是要抓捕熊先生。松鼠先生想象了熊先生的很多悲惨遭遇，令人忍俊不禁。我们用气泡图总结了一下，一起来看看吧。

课堂小挑战

松鼠先生帮好朋友刺猬先生寻找幸福，他们一起经历了一场虽有遗憾，但却彰显了勇气、智慧和友谊的冒险。在生活中，你认为最大的快乐是什么？如何找到最大的快乐呢？试着想一想，把一些关键词写到下面的树状图里吧。

如何找到最大的快乐呢？

思维训练小课堂　推理思维

在《松鼠先生找幸福》中，松鼠先生为好朋友刺猬先生出谋划策，他认为想要找到幸福，就必须“变得英勇无畏、本领高强，还要拥有无上的荣誉和声望”。为此，松鼠先生想了哪些办法呢？我们可以用树状图整理出来，这样会更加清晰。

如何帮刺猬先生找到幸福呢？

课堂小挑战

你见过冬天漫天飞舞的雪花吗？你和好朋友一起打过雪仗、堆过雪人吗？想一想，还有哪些事物跟雪很相似呢？与爸爸妈妈一起讨论，说出你的想法和理由，然后写到下面的气泡图里吧。

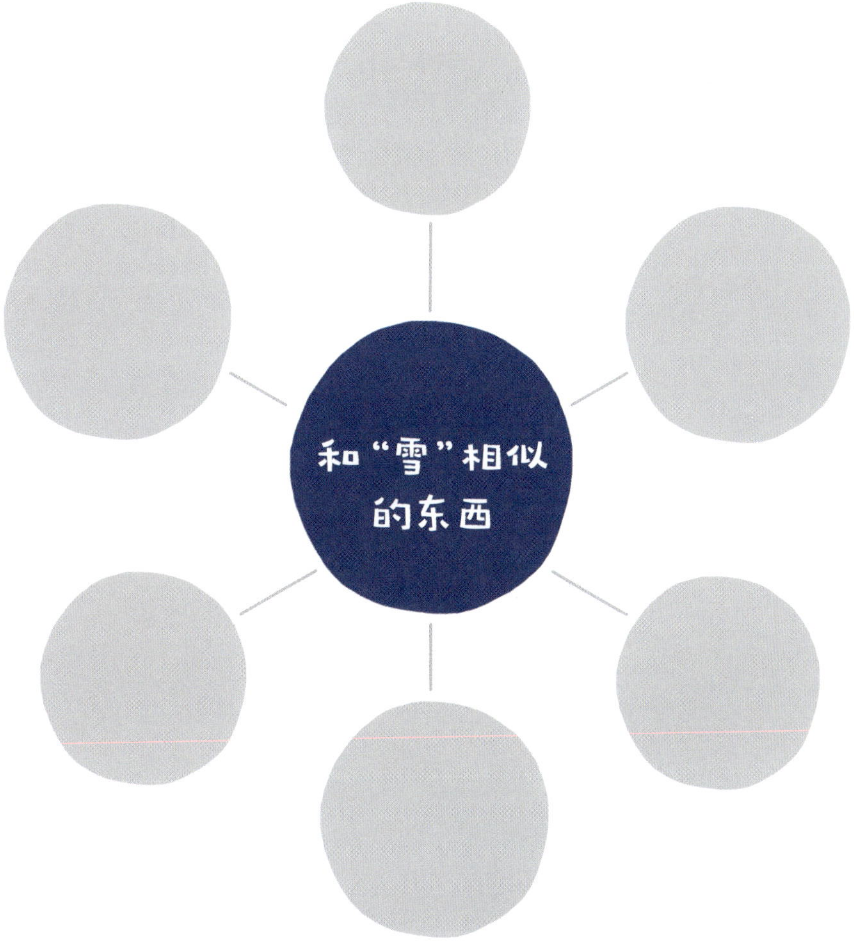

＊小提示：棉花、白云

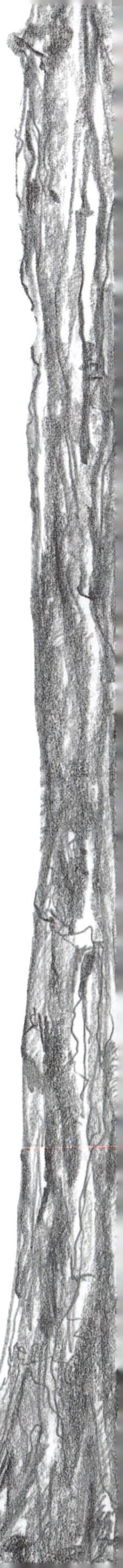

思维训练小课堂　类比思维

在《松鼠先生和第一场雪》中，松鼠先生、刺猬先生和熊先生都没见过雪，他们听说雪是“白白的、湿湿的、凉凉的、软软的”，于是一起寻找。他们找到了什么呢？我们用气泡图来总结一下。

课堂小挑战

想象一下，此刻你正在家里，太阳突然从天上掉下来，落在了你家的屋檐上或楼顶上，你会用什么方法把太阳送回家呢？将你的奇思妙想写到下面的流程图里吧。

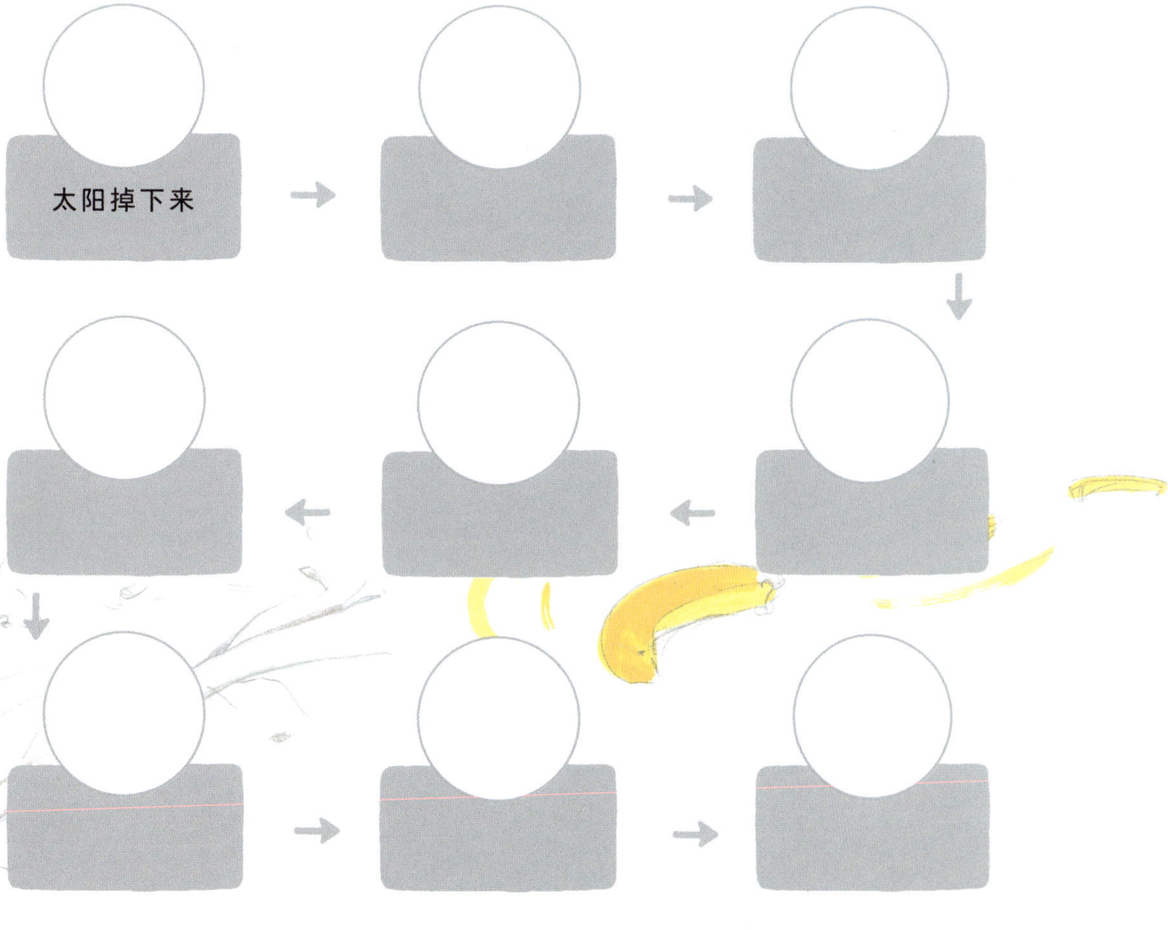

思维训练小课堂　归纳思维

在《松鼠先生和月亮》中，松鼠先生发现月亮竟然从天上掉下来，落在了自己家的屋檐上。他下决心要把月亮送回家，于是采取了很多方法。我们用下面的流程图，将主要的故事情节归纳了出来。

序言

《如果月亮掉下来》充满了天马行空的想象力和荒诞诙谐的情节设计，处处洋溢着清新的德式幽默。在德国儿童文学大师、著名儿童插画家塞巴斯蒂安·麦什莫泽笔下，这些故事在某种程度上打破了常规图画书的文图叙事方式，情节跌宕曲折，结局出人意料，文字与插图的搭配可谓巧夺天工，极富节奏感。这套书的插画虽然着色不多，但整个系列的铅笔画风格独具特色，令人印象深刻。

与此同时，《如果月亮掉下来》不仅是一个个让人捧腹大笑的幽默故事，更是一节节充满了多种思维训练的小课堂。在阅读故事时，孩子们一定会潜移默化地受到隐藏在故事背后的思维模式的影响。为了增加阅读趣味，拓展孩子们的思维广度和深度，我们为每一本书都设计了契合故事主题或内容的“思维训练小课堂”，以及亲子互动和开放式问答的环节，希望可以给孩子们带来一种全新的阅读体验。

如此一来，孩子们既能从极具幽默、不断反转的故事中发现生活的乐趣，汲取生活的智慧，又能学习提出问题、分析问题和解决问题的方法，并在这一过程中放飞想象力，玩出创造力，培养创意思维。

乐乐趣

如·果·月·亮·掉·下·来

思维训练手册

● 七大思维训练 ● 亲子互动游戏 ● 开放式思考题